Kromer · Die Mittendurcher

AF237201

Heinrich Ernst Kromer

Das literarische Werk

Herausgegeben von
Jürgen Glocker und Klaus Isele

Band 2

MIX
Papier aus verantwortungsvollen Quellen
Paper from responsible sources
FSC
www.fsc.org
FSC® C105338

Heinrich Ernst Kromer

Die Mittendurcher

Skizzen und Novellen

Mit einem Nachwort von Jürgen Glocker
und Zeichnungen von H. E. Kromer

Klaus Isele Editor

Dieses Buch erscheint bei KLAUS ISELE · EDITOR

Alle Rechte vorbehalten © Eggingen, 2021

Umschlagfoto: Klaus Isele

Herstellung und Verlag:
BoD – Books on Demand, Norderstedt
ISBN 978-3-7534-0909-2

INHALT

ANHANG

Die Mittendurcher

Es gibt irgendwo in der Welt eine kleine Stadt, die heißt Mittendurch. Warum sie so heißt, weiß niemand genau zu sagen; doch sollen ihre Bewohner, wenn man über den Ursprung dieses Namens eine unverbürgte Überlieferung erzählt, ernstlich böse werden, so bös, als es ihnen bei ihrer angeborenen Gemütsruhe überhaupt möglich ist. Danach hätte einst ein König, dem in seiner Bedrängnis die Vorfahren der heutigen Mittendurcher Heeresfolge geleistet und zum Siege verholfen hätten, der Stadt alle Abgaben erlassen und ihr ein Wappen zu führen erlaubt, entweder mit einem Zaunkönig oder mit einem Adler im Felde. Es ist unbekannt, warum der König gerade diesen beiden Tiere für die tapfere Stadt als Sinnbild ausersah; als man aber nach langem Beraten in der Wahl nicht hatte schlüssig werden können, indem ein Teil den Adler, der andere den Zaunkönig haben wollte, trat einer der angesehensten Bürger vor und sprach: Warum sollen wir gerade einen Adler oder einen Zaunkönig im Wappen führen? Gibt es nicht noch andere Vögel: Dohlen zum Beispiel, und Elstern und Tauben? Und erlaubt es unser gnädigster König und Herr, so nehmen wir weder den größten Vogel noch auch den kleinsten, sondern wir wählen – mittendurch. Das gefiel gleicherweise dem König wie den Vätern der Stadt; also wurde man einig und setzte eine Dohle ins Wappen, wie vorgeschlagen war; die Bürger sollen von jener Zeit ab Mittendurcher genannt worden sein; und die Stadt selber bekam schließlich, als sie diese Bezeichnung nimmer ausrotten konnte und ihr tieferer Sinn durch langen Gebrauch abgeschliffen und unkenntlich geworden war, den Namen Mittendurch.

Seit jener sagenhaften Begebenheit entwickelten sich die Mittendurcher recht seltsam, indes ganz im Geiste dieser Überlieferung und gewiß nicht zum eignen Nachteil, wenn man näher hinsieht. Die Reisenden berichten nämlich von ihnen, daß sie alles, was sie tun, für sehr groß und rühmlich ansehen, wie mittelmäßig und klein es auch den Fremden erscheinen mag, welche die Stadt besuchen. So nennen sie den kleinen See, daran das Städtlein liegt, das Mittendurcher Meer; einige Boote darauf gelten ihnen als ihre Handelsflotte, und die nahen sanften Hügel, welche die Stadt und den See umschließen, heißen sie die Alpen – und dies alles nicht etwa aus Eitelkeit, wie man meinen könnte, noch aus Großmannssucht, sondern weil ihnen ihre Augen alles größer vorzaubern, als es in der Schätzung anderer Menschen ist.

So kann es denn auch kaum verwundern, daß die Stadt sich für ein großes Seebad ausgibt und darum auch einen Kurgarten besitzt, das ist ein kleiner Vorsprung Landes in den See, bepflanzt mit einigen Kastanienbäumen, unter denen eine kleine Quelle – der Mittendurcher Springbrunnen – durch den Sand fließt. Ein besonderer Gärtner wartet den Garten, und dort ergehen sich abends die Mittendurcher und ihre Badegäste bei den Klängen der Stadtmusik und ergötzen und erholen sich von der Hast und der Mühe des Tages.

Idyll am Stadtpark

Nun begab es sich einmal, daß jener Gärtner auf einem Spaziergang ein seltenes Pflänzlein fand, das im stillen, seichten Wasser hinkroch und hellgrüne Blätter von Gestalt und Größe einer Münze hatte. Dies verpflanzte er in die Quelle des Stadtgartens, und da er dessen Namen nicht kannte, hieß er es guten Mutes die »ausländische Pflanze« und umzäunte die Quelle zum Schutz des wertvollen Besitzes mit einem eisernen Gitter. Im Mittendurcher Tageblatt aber gab es eine Beschreibung davon, und es war kein Wunder, daß, da die Mittendurcher aus ihrer Zeitung alle Belehrung und Begeisterung schöpfen, am Abend die ganze Bürgerschaft zu der »ausländischen Pflanze« wallfahrtete und nur noch von ihr zu reden, nur noch sie anzustaunen und zu preisen wußte.

In der Menge aber, welche sich dicht um die Pflanze drängte und den Gärtner wegen seines Fundes beglückwünschte, stand neben diesem ein fremder Mann, nach seinem Aussehen ein Gelehrter, der ebenfalls die Pflanze betrachtete. Und dabei konnte der Gärtner zufällig die Worte hören, die jener, ganz in Bewunderung versunken, halblaut vor sich hinsprach:

»Ein schönes, wirklich ein schönes Pfennigkraut!«

Damit wußte der Gärtner genug. Pfennigkraut also hieß die Pflanze? Pfennigkraut!

Still entfernte er sich aus der zudrängenden Menge und begab sich nach Hause, um noch einen neuen Bericht über die »ausländische Pflanze« zu schreiben und jetzt auch ihren Namen zu verraten. Als er aber daheim ins Zimmer getreten war und wollte zu schreiben beginnen, bemerkte er mit Schrecken, daß ihm der Name entfallen und nimmer zu finden war, wie sehr er auch darüber nachsann und dachte. Und so hätte er seinen neuen Ruhm zerrinnen sehen müssen, wenn ihm auch diesmal nicht das Glück beigesprungen wäre. Es trat nämlich gerade sein Weib ins Zimmer, als er schon alles Nachsinnen aufgeben wollte, und sagte ihm, der Nachbar wäre dagewesen und hätte von ihm wollen tausend Gulden leihen – und siehe da! Nun hatte er ja den Namen der Pflanze wieder: Tausendguldenkraut hieß sie! Und er schlug sich vor die Stirn, daß er das je hatte vergessen können!

Am andern Morgen erfuhr ganz Mittendurch diese Nachricht durch das Tageblatt, und nach solchem Verdienst hatte der Stadtrat nun nichts Wichtigeres zu tun, als den Gärtner zum Stadtgärtner von Mittendurch zu ernennen, sein Gehalt zu erhöhen und ihm, wie sich's gebührte, ein gutes Ruhegehalt für das Alter auszusetzen.

Denn so ehrt Mittendurch das Verdienst seiner Bürger...

Der fremde Gelehrte aber, der die Stadt in diesem Irrtum gefangen sah, wies nun, um der Wahrheit zu ihrem Recht zu verhelfen, nach, daß die Pflanze kein Tausendguldenkraut, sondern Pfennigkraut wäre, ein Unterfangen von dem Manne, das in der Stadt sogleich lauten Widerspruch erfahren und alle gegen den Verblendeten aufregen mußte. Wer wagte es, den Ruhm Mittendurchs zu verkleinern? Wer stellte das Wissen des Stadtgärtners in Frage? Und wer wollte überhaupt was besser wissen als die Mittendurcher?

Waren dies schon Gründe genug, die guten Bürger

zu reizen, so mußten sie vollends von Sinnen kommen, als sie gar erfuhren, der Missetäter wäre kein geborener Mittendurcher, sondern ein Fremder, der in der Stadt nur Gastrecht genoß. Daß er etwa nichts verstand, hätte man ihm in Mittendurch, wo das nicht eben auffiel, am Ende nicht besonders übelgenommen; aber als Fremder die Stadt zu schädigen und herabzusetzen, das war Verblendung, Frevel, Verbrechen; und der Staatsanwalt ließ sich das denn auch nicht zweimal sagen: Noch am selben Tage wurde der Gelehrte gefesselt und vor ein Gericht gestellt, in welches man die angesehensten Mittendurcher als Geschworene wählte, um nicht fürchten zu müssen, der Verbrecher könnte etwa seiner gerechten Strafe entgehen.

Vergebens, daß der Angeklagte nachwies, wie sehr er im Recht war; vergebens, daß ihn sein Verteidiger als das Vorbild eines guten Mannes erklärte, der nur den selbstlosen Drang fühlte, in Mittendurch die Wahrheit zu verbreiten und dadurch der Menschheit zu dienen: Der Staatsanwalt, die Richter, die Geschworenen und die vielen Mittendurcher, die im Gerichtssaal zugegen waren – sie alle wußten recht wohl, was der Verbrecher im Schilde geführt; und der Scharfrichter von Mittendurch durfte hoffen, er habe sein Beil nicht vergebens geschliffen.

Als endlich das Todesurteil verkündet wurde, da klatschte alles Volk Beifall und jubelte dem Richter zu. Mittendurch war gerettet; die Wahrheit hatte gesiegt; das unerhörte Verbrechen fand seine Sühnung...

Und um dem Urteil des Gerichts nicht nachzustehen, beschloß der Stadtrat, die Familie des Verurteilten für alle Zeit aus Mittendurch zu verbannen und sein Haus zu verfemen und nie mehr bewohnen zu lassen.

Auf dem Richtplatz, wohin dem Verurteilten alles Volk der Stadt gefolgt war, wurde ihm noch einmal das Todesurteil verlesen und dabei verkündigt, daß er zu lebenslanger Kerkerstrafe begnadigt würde, wenn er seine Behauptung widerriefe. Der Gelehrte aber blieb standhaft. Da zerbrach der Richter unter wildem Jubel der Menge den Stab über ihm, und die Henkersknechte ergriffen und banden ihn. Als er aber sein Haupt auf den Block legte, trat im Volk lautlose Stille ein, und vernehmbar hörten alle das letzte Wort des Unglücklichen:

»'s ist doch nur Pfennigkraut!«

Damit rollte sein Haupt vom Blocke...

* * *

Manche Jahre waren dahingegangen und hatten manche Freude und manches Leid mit sich weggeführt. Mancher Frühling schüttelte seine Blüten, mancher Herbst gab seine Früchte her. Mancher Bürger war ins Grab gestiegen, und mancher hatte Zeit gehabt, Söhne und Töchter zu zeugen, damit das Geschlecht der Mittendurcher zahlreich würde und immer zahlreicher und nicht aussterben müßte in dieser Welt. Auch das Tausendguldenkraut war gediehen, und in dem Maße, wie es weiterwucherte, wuchs auch die Stadt und ihr Ansehen, so daß die guten Bürger schließlich all ihr Gedeihen dem unschuldigen Kraut zuschrieben und deshalb endlich beschlossen, es ins Mittendurcher Wappen aufzunehmen. Unter großen Festlichkeiten wurde das neue Wahrzeichen drei Tage lang eingeweiht und dann am Rathaus und über allen Toren der Stadt angebracht.

In dieser langen Zeit nun war ein Sohn des Enthaupteten in der Verbannung herangewachsen und genoß überall großes Ansehen unter den Gelehrten. Der beschloß, das Andenken an den Namen seines Vaters von der Entehrung zu reinigen, welche die mächtige Meinung Mittendurchs überall hingetragen. Also schrieb er über das vermeintliche Tausendguldenkraut ein Buch, und dies gelangte – niemand wußte, wie – auch nach Mittendurch. Denn die Wahrheit – sagt man – ist unwiderstehlich und schlüpft durch eiserne Türen und steinerne Wände. Und es wurde bald ruchbar in der Stadt, daß die alte Irrlehre wieder umginge und sich als Wahrheit gebärde. Daher bedrohte der Staatsanwalt jeden mit strenger Strafe, der es wagen sollte, Mittendurchs Wahrzeichen zu verdächtigen und anzuzweifeln; und so kam es, daß jeder, der das Buch las, erst noch vorsichtig mit seiner Überzeugung hinterm Berge hielt, sofern er überhaupt sich belehren ließ. Denn man fürchtete die Macht der öffentlichen Meinung, und den Hals an eine Wahrheit zu wagen, war für die Mittendurcher eine kitzlige Sache, vor allem aber nicht einträglich genug, sich ernstlich damit zu befassen.

Aber es gab böse Menschen.

Eines Nachts nämlich, als ganz Mittendurch schlief, wurden von unbekannter Hand große Zettel an alle

Straßenecken geklebt, und als die Stadt am andern Morgen erwachte, da las sie in feuerroten Buchstaben das letzte Wort des toten Gelehrten:

»'s ist doch nur Pfennigkraut!«

Der Geist des Toten ging um und lähmte ganz Mittendurch.

Und nun folgte für die gute Stadt ein Schlag auf den andern.

Der junge Gelehrte, der die Sache seines armen Vaters so überzeugend geführt hatte, wurde im Ausland dafür mit Ehren überhäuft und an eine Hochschule berufen. Und das – wegen seiner Verdienste, die er sich mit seinem Buch über das Mittendurcher »Pfennigkraut« erworben hatte! – Was sagt Mittendurch dazu?

Und zugleich begab es sich, daß der Stadtgärtner von Mittendurch auf den Tod erkrankte. Da gestand er in seinem letzten Stündlein, daß er zu der Wahrheit des Gelehrten geschwiegen hätte, aus Furcht, seine Stellung und sein Ruhegehalt zu verlieren. Jetzt aber laste der Geist des Unglücklichen schwer auf ihm und er bekenne mit seinen letzten Worten:

»'s ist doch nur Pfennigkraut!«

Den Worten eines Mittendurchers aber durfte die Stadt Glauben schenken:

Und Mittendurch war gerecht.

Die Stadtväter bereuten die übereilte Bluttat ihres Gerichts und beschlossen fast einstimmig, die verbannte Familie zurückzurufen. Und als der junge Gelehrte mit seiner betagten Mutter und den Geschwistern wiederkam, wurde er vom Stadtrat und allem

Volke am Tor der Stadt feierlich empfangen und an sein Haus geleitet. Und er erstaunte sehr, als er dort über der Tür eine eherne Tafel prangen sah, die in goldener Inschrift jedermann verkündete, daß in diesem Hause einst der hochverdiente Gelehrte gewohnt und daß ihm zum dauernden Nachruhm, den Mittendurchern zu ewiger Mahnung diese Gedenktafel gestiftet worden wäre.

Auch die Gebeine des Unglücklichen wurden in geweihter Erde bestattet, unter großem Zudrang und unter echter Trauer der Mittendurcher. Auf seinem Grabmal aber glänzte des standhaften Mannes Name und in goldenen Buchstaben sein letztes Wort:

»'s ist doch nur Pfennigkraut!«

Ein Opfer

Er hieß Wey, und ich lernte ihn während eines Sommeraufenthaltes am Bodensee kennen, in einem kleinen Schweizerdorf, wohin er gekommen war, um Landschaften zu malen. Umfängliche Bildung und eine große Bescheidenheit bei all' seiner künstlerischen Begabung zeichneten ihn aus, und seine weiten Anschauungen, seine Geradheit und sein geistiger Mut machten mir ihn zum Freunde. Den folgenden Sommer trafen wir uns wieder im selben Dorf. Er war auch den Winter über dort geblieben, der Entenjagd wegen, der er mit Leidenschaft frönte, nicht aber etwa als Sonntagsjäger, wofür man ihn anfangs im Dorfe nahm, sondern als ein Schütze, der sich rühmen durfte, es gehe ihm keine Kugel fehl. Er hatte mich oft auf seinen Fahrten mitgenommen und durch seine Sicherheit im Schießen in Erstaunen gesetzt; auch die übrigen Jäger und die Dorfbewohner konnten sich vor Verwunderung kaum fassen, als sie ihn immer die reichste Beute heimbringen sahen, ihn, der doch ausschließlich mit Kugeln schoß; aber mit der Zeit erschien uns auch das als etwas Altgewohntes, darüber man weiter kaum mehr sprach. Ich mußte frühzeitig wieder in meine Heimat zurück und hörte dann nichts mehr von ihm; nur daß er jeden Jagdtag zur Entenjagd ging, erfuhr ich später.

In meiner Abwesenheit begab sich etwas, das seinen Namen und seine Kunst plötzlich wieder in aller Mund bringen sollte. Seine Mietsfrau erzählte mir's gleich am ersten Tag, als ich wieder im Dorf war und ihn aufsuchen wollte.

Eines Tages – so erzählte sie – wurde der Aufseher der Wasserjagd im dahintreibenden Boote tot aufgefunden, mitten durch die Stirn geschossen. Die Kugel, die man noch im Schädel vorfand, war ganz abgeplattet, und es ließ sich aus ihr das Kaliber des Gewehrs nimmer feststellen, dem sie entstammte, um so weniger, da auch die Stirnwunde eine einzige Splitterung war. Man schloß jedoch auf Wey, da nur er auf der Jagd mit Kugeln schoß; auch war er einer der wenigen gewesen, die an jenem Tag überhaupt jagen gegangen waren. Dazu kam seine unheimliche Sicherheit im Schießen und sonst einige unerklärte Vorfälle, die man jetzt plötzlich meinte, ihm in die Schuhe schieben zu müssen. Man hatte nämlich öfters im Dorf Straßenlaternen auf rätselhafte Weise zertrümmert gefunden, wobei man je weder den Täter herausbrachte, noch auch, wie sie überhaupt zerstört worden waren. Jetzt aber wollten sich plötzlich einige erinnern, in den Nächten des Frevels Schüsse vom Wasser her gehört zu haben, und da die Zertrümmerungen nie vor Weys Aufenthalt vorgekommen waren, schien nichts näher zu liegen, als in ihm den Täter zu sehen. Auch sonst trug man das Geringste und Entfernteste herbei, um Wey, der unterdessen verhaftet worden war, den Hals zu brechen, und der Volksmund redete so feindlich und so frech, wie wenn jener schön überführt wäre oder eingestanden hätte. Der Untersuchungsrichter jedoch prüfte nur, was unmittelbar mit dem Morde zusammenzuhängen schien, und forschte vor allem nach Gründen, die Wey etwa zu der Tat hätten bewegen können. Je mehr er aber suchte, um so weniger fand er. Es war durch Zeugen nachgewiesen, daß Wey mit dem Jagdaufseher immer auf dem besten Fuß gestanden und auf der Jagd nie Grund zu Tadel gegeben hatte. Den Jagdpaß führte er immer in der Patronentasche bei sich, wo man ihn auch bei der Verhaftung wohlverwahrt noch vorfand; das Gewehr war frei von Pulverresten; da keine Beute zu entdecken war, schloß man, er hätte damals überhaupt nicht geschossen; auch die Annahme, daß vielleicht eine Kugel aus seinem Gewehr zufällig den Aufseher unglücklich getroffen hätte, bestritt der Angeschuldigte, indem er versicherte, daß er das Geflügel nur aus der Luft herabzuschießen pflege; eine Gewohnheit von ihm, für die sich Zeugen fanden. Ein Kampf hatte wohl auch nicht stattgefunden, denn der Zwilling des Jagdaufsehers enthielt noch beide Schüsse; – was hätte also Wey zu dem Morde bewegen sollen? So wurde schließlich die Untersuchung eingestellt, und man nahm als Mörder einen unbekannten Wilderer an, der mit dem Aufseher zusammengeraten sein mochte und ihn vielleicht aus Notwehr oder aus Furcht vor Strafe weggeblasen hatte…

So erzählte die Frau. Wey aber, fügte sie hinzu, wäre seitdem stolz und unfreundlich gegen die Leute, die ihn so bereitwillig und schadenfroh hätten ins Garn treiben wollen; aber damit würde er den Verdacht nur erhöhen; sie sagten nämlich, es treibe den Mörder immer wieder zur Stelle seiner Untat zurück – sonst verließe er doch sicherlich das Dorf; und sein trotziger Stolz verriete ihn gerade; wäre er unschuldig, so könnte er still und guten Gewissens seiner Wege gehen.

Zwischen uns beiden kam der peinliche Vorfall nur einmal zur Sprache, als ich Wey sagte, er solle gegen die offenen Verdächtigungen der Leute beim Gericht Schutz suchen. Er lehnte aber heftig ab und schloß mit den Worten: Der Mörder, auch wenn er es wollte, darf nicht gestehen, einzig solch schadenfrohen Machenschaften gemeiner Seelen zum Trotz.

Dann schwieg zwischen uns die Geschichte auf lange hinaus.

Eines Tages – es war tief im August und die Wasserjagd seit Wochen schon wieder eröffnet – ging ich mit Wey dem See entlang, wo er eine Gruppe hoher Weiden und Pappeln malte. Es war noch früh am Morgen; der See lag unter flachem, weißem Nebel; über Wiesen und Dörfer ging aber voll die Sonne, und in einiger Ferne rauschten schon die Sensen durchs Korn. Eine Lerche erhob sich aus einem nahen Feld und wand sich tirilierend in den Himmel hinauf.

Wey setzte sich dicht ans Wasser und malte; ich lief unterdessen langsam am gebüschigen Ufer hin und her, meinen Gedanken nachhängend. Zuweilen ging im Schilf eine Ente auf; dann und wann fiel auf dem Wasser ein Schuß, oder man hörte durch den Nebel den leisen Rudertakt eines Bootes. Als ich einmal in der Richtung des Malers zurückkehrend um ein Gebüsch bog, sah ich etwas Seltsames, worüber ich staunen und lächeln mußte: Wey saß straff aufgerichtet auf einem Malstuhl, den Pinsel wie eine Flinte an der Backe, und zielte scharfen Blicks und, wie mir dünkte, fieberhaft gespannt aufs Wasser. Ich blickte in der gleichen Richtung und sah auf einem Pfahl im Wasser, wo der Nebel sich geteilt hatte, eine Möwe sitzen, wie ein weißer Punkt in der Sonne blinkend. Plötzlich ging sie kreischend auf, Weys Auge aber folgte ihr, über den Pinsel zielend, bis sie im Nebel verschwunden war.

In diesem Augenblick lief ich gegen ihn hin.

Das Bild war schon tüchtig fortgeschritten. Er arbeitete aber, als ich so neben ihm stand, etwas unruhiger, was mir jedoch wohl kaum aufgefallen wäre, hätte er nicht mit stockender Sprache plötzlich gesagt, daß er gern heute früh mit dem Bild, wenigstens mit der Baumgruppe, fertig würde, bevor der höher steigende Tag die Beleuchtung zu sehr veränderte. Es klang aus seiner Stimme wie böses Gewissen und wie wenn er sich wegen etwas zu entschuldigen hätte, um so unverständlicher für mich, da ich keinen Grund dafür sah.

Ich lobte das Bild, nur um etwas zu sagen. Aber er antwortete nicht, und sein Schweigen legte sich, je länger es anhielt, mir um so beklemmender an die Brust. Schon dachte ich wegzugehen, da strich er plötzlich die Pinsel zum gröbsten auf der Palette aus, legte sie in den Malkasten, klappte diesen zu, ebenso den dreifüßigen Malstuhl, und schickte sich an, weiterzugehen. Ich folgte ihm, und wir liefen schweigend auf dem schmalen Weg dem See entlang, im Schatten des Gebüsches, das das Ufer säumte und nur zuweilen eine Lücke auf das neblige Wasser ließ. Auf dem Wege trafen wir niemand; in den Feldern aber war die Arbeit lebendig geworden. Ob des schönen Morgens ließ es sich vergessen, wie schweigsam wir dahingingen. Mit einemmal blieb Wey an einer Lichtung stehen und horchte scharf; unwillkürlich hielt auch ich. Durch das Schilf rauschte ein Boot; jetzt hob sich auch der Nebel ein wenig, und wir sahen einen Jäger vorüberfahren; die Flinte lag neben ihm und blitzte in der Sonne. Wey stand und starrte verloren hinab; aber der Nebelvorhang fiel bald wieder über Kahn und Jäger zusammen, und Wey setzte sich in Bewegung, kaum achtend, wo er war, und wie ein erst Erwachter. Mir schien, es faßten ihn Erinnerungen, und um ihn ein wenig aus seinem Schweigen aufzuwecken, fragte ich ihn:

»Warum jagen Sie eigentlich nimmer, Herr Wey?«

Er sah mich an, als käme ihm erst langsam zum Bewußtsein, was ich ihn gefragt. Aber er schwieg.

»Sie müssen gewiß die Rache der Leute fürchten?« fragte ich weiter.

»Die Rache der Leute?« sagte er. »Nein, die fürchte ich nicht. Ich weiß, sie wagen mich nicht anzugreifen, solang sie mich in Freiheit sehen. Wie sie mich hassen, so fürchten sie mich auch.« – Und vom Gespräch plötzlich abspringend, fragte er: »Trinken Sie ein Glas Wein mit mir?«

»Gern.«

Wir gingen noch einige Schritte und kamen dann an ein Wirtshaus am See mit einem Garten voll alter herrlicher Bäume. Es war das früher ein Herrensitz gewesen; jetzt bekam man dort einen ebenso guten Wein, wie die Bedienung schlecht war. Nach öfterem vergeblichen Klingeln kam der Wirt, ein dicker, großer Mann, bekleidet nur mit Hose und einem Wolltrikothemd, das über jene herausquoll, wie treibender Teig über seine Mulde. Als er uns den »bekannten Roten« gebracht hatte, ließ er uns allein.

Am Bodensee

Wir stießen an und tranken. Nach kurzem Schweigen brachte ich die Rede wieder auf die Jagd: »Es scheint mir so verwunderbar, daß Sie Ihre Leidenschaft für die Jagd so plötzlich ablegen konnten.«

Er sah mich kurze Zeit an, als überlegte er, was er mir sage. »Die Leidenschaft«, erwiderte er dann, »war mit einemmal verschwunden; seither habe ich kein Gewehr mehr angerührt.«

»Ich kann mir doch nicht denken, daß Sie Ihre ungerechte Verhaftung abgeschreckt hat.«

»Nein«, antwortete er. »Und abgeschreckt – das ist nicht der richtige Ausdruck. Ich empfand einfach keine Lust mehr. Seit dem Tode des Jagdaufsehers. Ich komme mir vor wie geheilt seit jenem Tage.«

»Also doch ein bißchen Angst vor möglichem Unglück?«

Da zeigte er mir ein Gesicht, so verächtlich und höhnisch, wie ich es nie an ihm gesehen hatte. »Sie nehmen mich zu leicht«, sagte er dann mit schmerzlichem Lächeln. »Ich habe immer gedacht, Sie hätten mich lange erkannt und durchschaut. Ist Ihnen denn nie der Gedanke gekommen, daß ich den Aufseher erschossen habe?«

Ein Schauder kam über mich bei der Schwere seiner Worte, und angstvoll sah ich mich um, ob sie nicht irgendwer gehört haben könnte. Aber der Garten lag leer und ganz still; nur sanfte Wellen leckten langsam nacheinander leis an die Ufermauer. Das blieb alles so furchtbar gleichgültig bei seiner Rede, und mir hatte sie fast Blut und Atem stillgestellt!

Da begann er schon wieder. Aber er sprach so ruhig, daß es mich ansteckte und ich seinen Reden zuhörte, kalt und gefaßt, wie man einem unausweichlichen Schicksal entgegensieht.

»Sie wissen jetzt«, sagte er, »zuviel, als daß ich Ihnen nicht alles sagen sollte. Aber denken Sie nicht, das böse Gewissen treibe mich; Sie würden irren damit und mir Unrecht tun. Ich will mich auch durchaus nicht erleichtern, noch weniger mich vor Ihnen und mir rechtfertigen über eine Tat, die mir nie eine grimmige Fratze geschnitten hat. Wozu denn? Da ich nie ein Gefühl der Schuld dabei hatte. Aber vielleicht hören Sie an, wie alles sich begab; doch haben Sie Geduld; wenn ich weiter ausholen muß...

Es war am Tage des Sieges bei Sedan und ich vier Jahre alt, als mich mein Vater zum ersten Mal eine Pistole abschießen ließ, zur Siegesfeier. Es war dies ein fünfläufiger Colt-Revolver, den er aus Amerika mitgebracht hatte. Scherzweise unterwies er mich, auf den hölzernen Pinienapfel des Brunnenstocks vor dem Hause zu zielen; ich nahm Korn, der Schuß krachte, und die Kugel saß mitten im Ziel. Es war übersehen worden, daß noch ein alter scharfer Schuß im Revolver steckte. Von da ab verfolgte mich dieser erste Erfolg im Scharfschießen überallhin. Ich dachte und träumte nur noch von Pistolen und Kugeln. Da mein Vater mich einigemal bei der Ausübung dieser Leidenschaft ertappte, machte er mich weislich auf jede Gefahr und jede Vorsicht im Gebrauch von Waffen aufmerksam, untersagte mir ihn aber nicht, wie es wohl andre Väter getan hätten. Denn er sah, daß ich die Sache ernst und mit Geschick betrieb. So brachte ich denn die meisten

25

Sonntagnachmittage auf einem sichern Schießplatz zu, den mein Vater mir eigens auf unserm Gut hatte herrichten lassen, und war beinahe sofort auf jeder Waffe, die ich in die Hand nahm, ein fertiger Meister. Ich schien ein besondres Talent dafür zu haben und gleichsam für jede Waffe und jedes Ziel einen nie irrenden Instinkt. Da man sonst mit meinen Fortschritten sehr zufrieden war, gab man mir, statt andrer Geschenke, immer neue Waffen, so daß ich schließlich eine ganze Sammlung besaß, die ich dann freilich später in Geldnöten auf der Kunstschule verkaufte, eine einzige Flinte ausgenommen, mit der ich noch letzten Winter jagen ging. Meine Eltern hatten gemeint, diese Leidenschaft werde sich mit der Zeit verlieren; allein sie war immer nur gewachsen, und zwar in ganz einseitiger gefährlicher Richtung: Ich sah nämlich alles, was mir ins Auge fiel, schließlich nur noch als Zielpunkt; insbesondere aber helle und glänzende Gegenstände, ob fern, ob nah, ob tags oder nachts; oder alle dunklen, die gegen einen hellen Grund abgingen. Ich habe heimlich in meinen schlimmsten Jahren alles Mögliche zusammengeschossen: neue Ziegel in alten Dächern, gläserne Lichtziegel, offene Fenster, Straßenlaternen, die in der Sonne glänzten, oder nachts, wenn sie brannten, Tauben und andere Dinge mehr, wenn sie nicht gerade in gefährlicher Nähe von Menschen waren. Und man forschte immer vergeblich nach dem geheimnisvollen Täter, was mich nur noch mehr zu meinem unheimlichen Spiel anreizte. Schließlich gab es überhaupt fast nichts mehr, was mein Auge nicht mit krankhaften Wünschen aufs Ziel nahm, und ich hätte sicherlich oft

Reiter, Radfahrer, Spaziergänger, Leute auf den Feldern oder Menschen sonst erschossen, wenn ich mich nicht mit so übermenschlicher Kraft beherrscht oder jeweils gerade ein Gewehr zur Hand gehabt hätte. Wohl drei Jahre lang mied ich dann, aus Furcht, zum Verbrecher zu werden, jede Waffe, im Glauben, allmählich diese Triebe ganz unterdrücken zu können; allein in meinem Geiste trieben sie ihr Unwesen weiter, und ich mußte Wahnsinn oder Verbrechen befürchten, wenn ich ihnen nicht Ableitung oder eine ungefährliche Befriedigung schaffte. War ich doch schon nicht mehr imstande, die Landschaft künstlerisch zu sehen, also als einheitliche Erscheinung von Form und Farbe; ich zerlegte sie in lauter Zielpunkte und verlor so den großen Gesamteindruck und den Zusammenhalt. So kam mir hier die Wasserjagd sehr erwünscht, und ich fand einigermaßen Ruhe dabei. Meine Malerei gewann für mich wieder Wert und Ansehen, und der furchtbare Teufel meines Auges schien befriedigt, wenn ich ihm täglich einige Opfer brachte.

Sie ahnen wohl kaum im entfernten, was ich trotzdem noch darunter litt und wie ich kämpfte.

Eines Morgens – es war im Februar und schon etwas warm – fuhr ich zur Jagd. Der See lag unter schwerem Nebel, der mit der Sonne rang. Ich fuhr das ganze Gebiet ab, ohne auf jemand zu stoßen oder auch nur den Ruderschlag eines Bootes zu vernehmen. Ich mochte schon an zwei Stunden im Nebel herumgefahren sein, ohne am Ufer, auf dem Wasser oder im Schilf das Geringste anzutreffen; nicht eine einzige Ente, nicht eine armselige Bekassine tat ich auf. Einigemal sah ich durch den zerreißenden Nebel wohl ein helles Haus am Ufer, oder einen weißen Kirchturm, oder ein blitzendes Fenster; allein mein Gewehr trug nicht so weit. Früher zwar hatte ich manchmal wohl auch auf den Mond geschossen; aber solche unerreichbare Ziele hatte ich jetzt nimmer; ich war darin gründlich Realist geworden. Ich fuhr noch eine gute Stunde herum, jedoch ohne einen Vogel zu sehen, ohne ein Ziel zu finden, darauf ich hätte schießen können, und ich nahm mir bereits die Heimfahrt vor, ganz unbefriedigt, die ich aber in fiebernder Erwartung immer wieder verschob. Da fuhr ein leiser Wind in den Nebel und trug mir den langsamen Rudertakt eines Bootes zu; ich hörte sein Rauschen im Schilf. Endlich wenigstens Gesellschaft! dachte ich. Jetzt wurde durch den weichenden Nebel das Boot mit dem Manne sichtbar. Auf etwa neunzig Meter. Er kehrte mir, da er davonruderte, das Gesicht zu, die farbige Dienstmütze hatte er in den Nacken gerückt; vielleicht war ihm vom Rudern heiß geworden; die Stirn glänzte in der Sonne. Wie ein Blitz fuhr mir's durchs Hirn: ein Ziel! Ich konnte nichts anderes mehr denken; ich kannte kein anderes Gefühl mehr; ich sah nur noch das Ziel. Ruhig schlage ich an, ziele kurz – das Boot treibt führerlos dahin. Langsam sinkt der Nebel wieder zusammen; ich fahre nach dem Ufer, ruhig, erleichtert, erlöst, als wäre mein Teufel nie in mir gewesen.

Unsichtbar fahren einige Boote im Nebel an mir vorbei; der See scheint plötzlich bevölkert; da und dort flattern auch Enten auf; aber ich schieße nicht, ich habe gar nicht den Drang zu schießen. Nach einer Viertelstunde steige ich im Dorf ans Land, ohne Beute das erste Mal!

Daheim reinige ich, wie gewöhnlich, sogleich das Gewehr und hänge es an den Nagel. Dort hängt es jetzt noch, wie Sie wissen, und rostet. Nicht, daß ich die Versuchung fürchtete – oder gar die Rache der Leute im Dorfe –, nein, ich schieße nimmer, weil ich einfach den Wunsch nicht mehr habe. Erst heute durchfuhr mich's einen Augenblick wie ein Rückfall in die frühere Sucht; Sie haben gesehen, wie ich den Pinsel wie ein Gewehr an die Backe riß... Aber ich hoffe, daß es nicht wiederkehrt...«

Lena

Ein Kinderidyll

Am zweiten Tage der vierten Woche ihrer Ernteferien war er ins Dorf gekommen; Lena wußte es noch ganz genau, waren es gleich schon mehrere Wochen her. Jetzt gingen sie schon lange wieder zur Schule, so lange, daß sie nächstens neuerdings drei Wochen Ferien bekommen mußten, für die Zeit nämlich des Kartoffelaustuns und der letzten Feldarbeiten. War dann Hans noch da – dachte Lena –, dann sollte er aber nimmer von ihrer Seite wegkommen; vielmehr: sie nimmer von der seinen; denn er – was kümmerte am Ende er sich viel um ihren Wunsch und Willen? Um so mehr also mußte sie darauf aus sein, nimmer von ihm zu weichen: Überall wollte sie ihn neben sich haben und unter ihren eifersüchtig wachenden Augen; überall sehen, was er triebe, erforschen, was er fühlte; schauen, ob er nicht etwa nach andern Mädchen spähe; mit ihm laufen, um ihn überall zu bedienen und seine Zufriedenheit zu erlangen, nicht um Lohns und besondrer Anerkennung willen, sondern bloß, weil ihn keine andre haben, keine andre ihm dienen sollte. So dachte sich's die kleine Siebenjährige für die Zeit, wo sie wieder Ferien hätte. In den vergangenen Wochen nämlich hatte sie viel seinetwegen gelitten; viel, recht viel; und sie kam sich, wenn sie's überdachte, fast heldenhaft vor, da ihr kleines Herz es so ertragen hatte. Was konnte nicht alles geschehen, während sie in der Schule saß, den ganzen langen Vormittag hindurch? Wenn es doch nur keine Klassen gäbe, die erst nachmittags zur Schule mußten! Da zwar hatte Lena frei und konnte ihre Kameradinnen bei ihm wieder ausstechen, wenn ihn etwa eine betört hatte; aber wußte sie gerade, welche es war oder ihrer wie viele? Und sie hörte, daß einige oft von Hans redeten; mehr noch: daß sie lobend und fast nur von ihm allein sprachen; und das hatte – dachte sie – doch wohl etwas zu bedeuten! Traf sie ihn dann aber, so merkte sie doch gleich, daß eigentlich doch nur sie was bei ihm galt. Und dann beruhigte sie sich wieder und war glücklich; freilich nur bis zum nächsten Vormittag, wo sie in der Schule saß und in ihrer Kinderphantasie wieder die fürchterlichsten Dinge erlebte. Wenn das lange so fortging, was mußte schließlich daraus werden?

Ganz besonders schlimm aber war ihre Lage seit etwa zwei Wochen nun: Hans war nämlich nie mehr nachmittags zu sprechen, ja, kaum mehr wo zu sehen. Sein Vater und ein Bäschen von ihm waren zu seinem Onkel, wo er die Ferien verbrachte, auf Besuch gekommen; der Vater ein ernster, aber doch wohl gütiger Mann – wie es Lena dünkte; das Bäschen dagegen ein hochmütiges Dämchen von fünfzehn Jahren vielleicht, das ein rosarotes langes Kleid trug, ein Stumpfnäschen und einen langen blonden Zopf hatte und auf ihren eigenen Wunsch nur Fräulein genannt wurde. Mit diesen beiden und mit seinem Onkel mußte Hans nun nach dem Essen, was er sonst nie getan, im Garten den Kaffee trinken, bei welchem sie dann immer noch lange sitzen blieben, mochten auch die Kannen schon längst leer sein. Das war so einfältig – fand Lena – und so ärgerlich: vor leeren Kannen und Tassen sitzen! Und sie waren wirklich leer – nicht daß sie's etwa nur vermutet hätte! Vier-, fünfmal hatte sie es schon beobachtet – über den langen lebenden Gartenzaun weg, wohinter vor sie sehnend nach Hans gespäht –, daß der letzte Tropfen aus den Kannen war. Und dann konnte sie gar nicht begreifen, wozu man noch immer am Tische blieb! Die beiden Männer – freilich, die mochten vielleicht wichtige Dinge zu verhandeln haben; Hans hingegen saß da, schwieg und langweilte sich; das sah man an seinem Umherblicken und an seinem unruhigen Sitzen. Natürlich verlangte es nur das dumme Bäschen so; einmal nämlich hatte er ausreißen wollen; da aber packte ihn das Fräulein am Arm und drückte ihn hart auf seinen Stuhl hin: Du bleibst da, Hans! sagte sie; es schickt sich nicht, wegzulaufen, solang andre noch am Tisch sind! Und es half ihm nichts, daß er ihr einen zornigen Blick gab und rebellieren wollte; sie wies ihn, mit dem Finger drohend, zum Gehorsam und gab ihm durch einen Blick auf seinen Vater zu verstehen, wohin sie sich wenden würde, wäre er noch weiter widerspenstig. Nachher mußte er dann stets mit dem Vater und dem Bäschen spazierengehen und blieb die übrige Zeit des Tages für Lena unsichtbar. Und daran war natürlich nur das rosarote Fräulein schuld; denn der Vater hielt Hans gewiß nicht so streng; was Wunder, wenn Lena allen Grimm ihres eifersüchtig liebenden Herzens auf das böse Bäschen warf und allmählich immer mehr auf peinigende Gedanken kam, da sie nach dem Grunde sann, warum jene den armen Jungen so hart bewachte? Sicherlich hatte sie ihn lieb und gönnte ihn drum niemand anderem; und gefährlich für ihn konnte am Ende das schöne Fräulein auch werden. Denn so einen schönen breiten Strohhut wie sie hatte Lena nicht; auch nicht einen so langen blonden Zopf, noch so feine Handschuhe, die bis an den Ellenbogen reichten, nicht zu reden von den zierlichen gelben Schuhen, wogegen Lenas doch etwas grob und schwarz erscheinen mußten. Dafür freilich war sie viel jünger als das Bäschen. Wie sollte die mit ihren fünfzehn Jahren einen achtjährigen Jungen heiraten können? Da würde sich Hans wohl selber am meisten gegen wehren, wäre das Fräulein auch noch so schön und bunt. Zudem: Wie sollte er sie lieb haben, da sie ihn auf solche Weise meisterte? Dachte sie am Ende, er würde sie heiraten – da war sie schön dumm; wie lange nur müßte sie da noch warten? Unterdessen konnten viele andre kommen, die ihr besser gefielen als ihr Vetter Hans; auch war gar nicht anzunehmen, daß sie ihm so lange treu bliebe und auf ihn wartete wie seine Lena, die ihn nie verlassen würde. Und die Treue war am Ende doch mehr wert – sagte sie sich – als schöne Kleider und ein breiter Strohhut und gelbe Schuhe...

So redete sie sich täglich alle möglichen Qualen ein und wieder aus, je nachdem ihr eben gerade zumute war, und einmal war das Bäschen für sie die böseste und bestgehaßte Person und der Gegenstand einer brennenden Eifersucht, dann wieder ein ganz harmloses Fräulein, das sie im geringsten nicht zu fürchten hatte. Endlich kam auch der Tag ihrer Abreise; und jetzt war Lena ihr ganz gut und begriff nicht, wie sie ihr früher hatte können so übelwollen. Hans hatte ihr's gesagt, daß sie ginge. Er kam eines Abends an die Gartenhecke, dahinter er Lena erblickt hatte, wie sie nach ihm ausspähte. Trotzdem ihn das Bäschen zurückrief, stieg er auf den Zaun und sprang zu ihr herüber in den abendlichen Obstgarten.

[...] Freude, ihn wieder zu haben [...] innerlich, als er ihr sagte, das Bäschen reise morgen ab und er gehorchte ihr jetzt nimmer. Sie nahm ihn bei der Hand und lief mit ihm den Obstgarten entlang unter dem Dämmer der schweigenden Bäume hin, bis an den Mühlteich, wo sie sonst miteinander gespielt hatten und darin sich jetzt die Abendwolken spiegelten, daß man in einen tiefen Himmel hinabzusehen meinte. Vorausgehend überschritt Hans das einfließende Bächlein und holte Lena herüber; dann ging er auf einem Fußweglein, das rings um den Mühlteich lief, mit ihr weiter, bis hinter den Weidenbusch, wo man sie vom Dorfe aus nicht sehen konnte, und blieb dort stehen, fliegenden Atems und vorsichtig um sich sehend. Aber wie scharf er auch durch das Weidengezweige spähte, besonders nach dem Haus den Onkels hinüber, dessen weiße Wand noch matt durch den Obstgarten schimmerte – es folgte ihm niemand. Lena aber hatte Angst; ihr Herz schlug hörbar.

»Kommt jemand?« fragte sie ihn leise.

»Nein, ich sehe niemand; sei nur still, Lena.«

»Fürchtest du dein Bäslein?«

»Nein, aber sie verschwatzt mich immer beim Papa.«

»Und dann kriegst du Schläge, gelt?«

»Ich werde gescholten.«

Lena sah ihn stumm an, mit fragenden, mitleidigen Blicken, und nach einigen Minuten meinte sie:

»Wolltest du nicht lieber heimgehen, Hans?«

»Warum?« fragte er trotzig.

»Wird man dich nicht wieder schelten?«

»Es ist das letzte Mal, die dumme Base geht morgen.«

Die dumme Base! Er nennt sie also auch dumm! dachte Lena bei sich; so kann er sie gewiß auch nicht gern haben. – Aber sie gab sich mit diesem Schluß nicht zufrieden; und weil Gelegenheit dazu war, wollte sie genau wissen, wie Hans mit seinem Bäschen stand.

»Magst du dein Bäslein?«

»Nein!«

»Warum nicht?«

»Sie plagt mich immer, wie soll ich sie da mögen?«

»Aber sie ist so schön – ?«

»Sie ist ein Aff!«

»Wer sagt das?«

»Der Onkel heißt sie immer so.«

»Aber sie hat so schöne Kleider und so feine Schuhe. Und die Handschuhe gehn ihr bis an den Ellenbogen.«

»Ja, und sie zieht sie an, ob's noch so heiß ist; das ist schön dumm!«

Lena war noch nicht ganz zufrieden, obwohl er die Prüfung bis dahin ganz nach ihrem Herzenswunsch bestanden hatte.

»Aber sie hat dich lieb, gelt?«

»Würde sie mich dann plagen?«

»Warum mußt du denn immer bei ihr sein?«

»Sie sagt, ich sei ungezogen und sie müsse mich ziehen.«

Lena, nach einigen Augenblicken, zweifelnd: »Ich glaube aber doch, daß sie dich lieb hat.«

»Nein«, erwiderte Hans, »Sie hat schon einen Schatz.«

Das hatte Lena hören wollen; gleichwohl frug sie weiter: »Weißt du das?«

»Sie kriegt fast alle Tage einen Brief von ihm.«

»Ist er brav?«

»Ich weiß nicht, aber sie sagt, er sei ein schöner Herr und sie wolle ihn heiraten...«

Beide schwiegen. Lena dachte über das Gehörte nach, still erfreut und beruhigt, daß sie diese Gefahr von ihrer Liebe abgelenkt sah; Hans schaute immer noch vorsichtig sich um; er fürchtete, er könnte vom Bäschen heimgeholt werden, und malte sich's lebhaft aus, wie er sich dawider wehren, wie er um sich schlagen und um sich beißen würde. Er überstrich mit den Blicken die nähere und fernere Umgebung des Weidengebüsches, wo niemand sie sah, sie dagegen alle, die etwa in einiger Entfernung sich zeigen mochten. Doch kamen nur zwei Arbeiter vorbei, die schweigend und Pfeifen rauchend langsam den Obstgarten entlang hinunterschritten; bald nachher noch die Beerenkathi mit einem Korb am Arm und einem Krückenstock, ein häßliches altes Weib, das an Fallsucht litt und deshalb von den Kindern im Dorf als Hexe gefürchtet wurde. Sonst blieb alles still ringsher, abgesehen von dem eintönig plätschernden Wasser, das spärlich über die Stellfalle fiel. Am Himmel glänzte ein heller Stern und besah sich tief im Spiegel des Mühlteichs.

Aber die Beruhigung hielt bei Lena nicht lange stand; war auch das Bäschen nimmer zu fürchten, so sah sie im Geiste plötzlich Kameradinnen, die ihr den Geliebten streitig machen konnten oder vielleicht sein Herz bereits besaßen, und sie suchte nun auf geeignete Weise und mit weiblicher Vorsicht zu erfahren, inwiefern ihre Furcht begründet sein möchte. Scheu und schmeichelnd bohrte sie an:

»Hans, dich haben alle Leute gern – «

Der Knabe schwieg; er wußte nichts darauf zu sagen; Lena aber fuhr fort:

»Meine Kameradinnen haben dich alle lieb.«

Da er wieder schwieg, sah sie sich genötigt, tiefer zu dringen: »Sie loben dich immer alle« – sagte sie –; »so müssen sie dich doch gern mögen.«

Eigentlich ertappte sie sich bei diesen Worten auf einer Lüge; sie wußte wohl, daß die Mädchen anfangs Hans gelobt hatten, ihn jetzt aber, da er sich seltener zeige, ein hochmütiges Stadtherrenbüblein hießen und seinen Verkehr nimmer suchten. Doch sah sie eben keinen andern Weg, um sich zu beruhigen, und so scheute sie die kleine Lüge nicht. Hans freilich antwortete auch jetzt noch nicht, und nun fragte sie zielbewußter: »Magst du meine Kameradinnen auch?«

»Ach, laß mich!« antwortete Hans. »Es sind alles dumme Dinger.«

»Dann bin ich auch eins, gelt?«

»Nein, du nicht!« sagte er und sah sich vorsichtig um. »Ich hab dich auch ganz allein lieb – «, fuhr er nach ein paar Augenblicken fort. Dabei trat er ganz nahe zu ihr und nahm sie bei der Hand.

»Das sagst du nur« – antwortete Lena ungläubig.

»Und dich will ich heiraten, Lena, wenn wir nur groß sind; nur dich will ich haben«, setzte er hinzu. Sie sah ihn stumm an; kein Wort hätte sie sagen können in diesem Augenblick, so gewaltig stürmte das Glück auf ihr kleines Herz ein, und leise begann sie zu zittern unter der überwältigenden Regung.

Da ertönte aus den Onkels Garten herüber der helle langgezogene Ruf: »Hans!« und schreckte die beiden auf. Rasch sah sich Hans noch einmal scharf um, faßte dann das bebende Mädchen um den Hals, drückte sie an sich und küßte sie auf die Wange und den Mund. Dann rannte er eilig davon und entschwand bald im Dämmer des Obstgartens ihren nachsehenden Blicken.

Erschreckt und in der sinkenden Dunkelheit etwas unsicher und furchtsam, blieb Lena noch einen Augenblick hinter dem Weidengebüsche stehen, dann machte sie sich auf den Heimweg, mit einem bösen Gewissen und in der beständigen Angst, es möchte ihr vielleicht die Beerenkathi noch in den Weg laufen, die ja erst vor wenigen Minuten am Mühlteich vorbei ins Dorf gehumpelt war. Doch kam sie unbehelligt in die Nähe ihres Elternhauses; hier aber begann ihr das Herz gewaltig zu klopfen, und Mund und Wange brannten ihr heiß von den Küssen des Knaben, so daß sie meinte, man müßte ihr die Sünde ansehen und die Strafe würde ihr auf dem Fuße folgen. Und sie war froh, so glimpflich davonzukommen; denn den heftigen Tadel, womit ihre Mutter sie empfing, glaubte sie verdient zu haben, und daß sie sogleich zu Bett geschickt wurde, dünkte ihr eine so gelinde Strafe, daß sie sie mit einer gewissen Dankbarkeit hinnahm und dem Gebote wortlos gehorchte.

In der nächsten Zeit hatte Lena jeden Nachmittag Hans zum Begleiter. Sie trieb sich mit ihm, seit sein Bäschen abgereist war, in der ganzen Umgebung des Dorfes herum, und der wunderbare Herbst begünstigte ihre Streifereien. Dabei gönnte sie aber kaum seinen Anblick, geschweige denn seine Gesellschaft irgendeiner ihrer Kameradinnen, obgleich sie ja jetzt seiner Liebe versichert war. Wandelte sie gleichwohl zuweilen ein leiser Zweifel darüber an, so traf sich's gewiß jedesmal, obwohl sie ihn nie äußerte, daß Hans sie an irgend einem verschwiegenen Orte küßte, gerade als hätte er ihre stille Sorge bemerkt und wollte sie scheuchen. Was sie da an Glück erlebte! Was sie da in wenigen Tagen alles mit ihm sah! Auf den Berg hinter dem Dorf waren sie geklettert, der Lena immer so hoch, fast unersteigbar und in den Himmel ragend däuchte. Ein langer Streifen Gebüsch zog sich über seinen Kamm hin; das war ihr immer so geheimnisvoll und finster erschienen, besonders abends, wenn es dunkel gegen den hellen westlichen Himmel stand. Geister, böse Menschen, Räuber und alles sonst Fürchterliche hatte sie darin vermutet, die dort willkommene, unzugängliche Schlupfwinkel hätten. Auch die Beerenkathi hauste wohl – glaubte sie – tagsüber dort oben, besonders in der Zeit der Beerenreife, und kochte dort aus den Beeren ihre bösen Tränke; denn sie hatte sie manchmal wie ein gebücktes Hexenweib mit Korb und Krückstock über den Kamm laufen und dann im Gebüsch verschwinden sehen. Jetzt wußte sie andres von dem Berg. Die dichten Büsche waren nichts weniger als graulich; vielmehr ein rechtes, liebes Versteck für sie zwei Kinder, wo man einander küssen konnte, unbemerkt vom Dorf herauf, während man vom sichern Schluß aus jeden nahenden Menschen rechtzeitig bemerken und sich dann vor ihm davonstehlen konnte. Auch dem Bächlein, das in den Mühlenweiher mündete, gingen sie öfters nach, einmal gar mehrere Stunden lang mühsam durch Wald und Gestrüpp, in der Hoffnung, das immer kleiner werdende Bächlein irgendwo als Quell aus dem Boden springen zu sehen. Aber sie kamen nicht so weit und mußten wegen der sinkenden Tageszeit umkehren, wobei sie sich sogar verirrten und einmal, aus dem Wald heraustretend, ganz fremde Gehöfte und, über die ganze Ebne hin verstreut, unbekannte Dörfer und ferne Bergzüge sahen. Damals stand Lena harte Angst aus; aber Hans küßte sie, nahm sie bei der Hand, führte sie durch den stillen Wald bis zum Bächlein zurück und lief mit ihr über Stock und Stumpf, immer in der Nähe des Wassers hin, bis sie todmüde ins Dorf zurückkamen. Die ausgestandene Angst und Furcht aber und die Schelte, die sie daheim bekam, verleideten ihr auf immer solche Entdekkungsreisen.

So wurde ihnen in wenigen Tagen die nähere und fernere Umgegend des Dorfes bekannt und vertraut, und sie kamen an Orte, wohin je zu gelangen Lena bei ihrer Jugendlichkeit nie zu hoffen gewagt und die ihr durch die Erinnerung an ihre Erlebnisse und ihr Zusammensein mit Hans einen Schimmer wenigen Glükkes und unsagbarer Seligkeit zustrahlten. War sie doch schon glücklich, wenn sie nur neben ihm hergehen konnte, wortlos bei seiner Gesprächigkeit, bewunderungsvoll bei seiner Unternehmungs- und Forschungslust, scheu und fast anbetend, wenn in ihm schlummernde Männlichkeit in irgendeiner Form sich kundtat. Und dies geschah – wie ihr vorkam – oft genug, und sie war in ihrer bewundernden Phantasie ohnedies immer bereit, alles, was er tat, größer und heldenhafter zu sehen, und schon ihr Wunsch oder der bloße stille Gedanke, Hans hätte in dieser oder jener Lage so oder so handeln können, wurden in ihr so stark, daß sie sie dem jungen Geliebten als Tat anrechnete, um seiner Bewunderung immer neue Altäre aufzurichten. Diente sie ihm so in ihrem Herzen als einem Gotte, so verlangte sie doch, wiewohl in aller Ehrfurcht, seine Güte und Liebe und nahm sie eifersüchtig nur für sich allein in Anspruch, freilich schweigend und ohne Zudringlichkeit; denn ängstlich, wie sie war, hätte sie nie gewagt, ihn an Dienst und Gegendienst zu erinnern, aus Furcht, die Herrischkeit und Rücksichtslosigkeit, die sie in ihm witterte, heraufzurufen.

Neben solchem Glück wertete sie den Tadel, den sie daheim oft bekam, und auch in der Schule, wo sie nun fast immer schlecht vorbereitet erschien, nur sehr gering, besonders bei der Schutzbefohlenheit, in der sie sich bei Hans so sicher fühlte. Selbst als man ihr ob der Beschwerden, die der Lehrer ihrem Vater heimschickte, den Umgang mit Hans untersagte, wußte sie auf Stunden mit ihm zusammenzutreffen. Wurde sie dann hart hergescholten oder gar geschlagen, wenn sie heimkam, so dachte sie bei jedem Tadelswort und jedem Schlag

Spielendes Kind

nur an Hans und fühlte dabei eine seltsame Wollust, eine Art Glück und Freude, seinetwegen leiden und büßen zu dürfen; hatte sie doch einen Gott, der sie dafür wieder belohnen würde.

* * *

Die Kartoffelferien standen vor der Tür; sie nahmen am nächsten Montag ihren Anfang. Samstag nachmittags gab es unter den Leuten und Kindern neugieriges Schauen und eine Art kleinen Auflaufs: Ein Maler mit seiner Frau und einem siebenjährigen Mädchen war ins Dorf gekommen und mietete sich für die nächsten zwei Monate in einem Haus nahe beim Mühlenteich ein.

Und die Alten fragten sich, ob so vornehme Leute – die Ankömmlinge waren gut gekleidet – wohl ein gut Stück Geld im Dorfe ließen, und öffneten ihnen in Gedanken schon ihre Kramladentüren; die Kinder aber berieten, welche Stellung sie zu dem geputzten Stadtkind nehmen würden, und einige schlossen es, ehe sie nur ein Wort mit ihm gesprochen, schnell ins Herz, andre hielten sich abseits und wollten warten und schauen, was die Zeit wohl brächte.

Lena, die den Nachmittag über mit Hans auswärts gewesen war und bei ihrer Rückkehr ins Dorf sich sogleich auf Umwegen unbemerkt heimgeschlichen hatte, erfuhr jenen Abend nichts mehr von den Angekommenen; Hans hingegen, der nach dem Nachtessen noch ausspringen durfte, traf das Töchterchen des Malers, das Emma hieß, am Mühlteich mit ihrem Vater und bandelte auch gleich nach Kinderart ohne Umstände

44

mit ihr an. Und es waren keine fünf Minuten vergangen, da wußten sie schon eins des andern Namen und Alter und daß sie Stadtkinder waren, beide. Und auch in Rede und Gebärde fanden sie sogleich was Gemeinsames, das eine Geselligkeit und Kameradschaft für künftig – wie sie fühlten – eher fördern als hindern konnte.

Lena aber erfuhr erst am andern Tag, sonntags, als sie aus der Kirche kam, daß eine Fremde im Dorf sei, ein vornehmes Stadtmädchen, das Emma hieße und am Mühlenteich wohnte…

Ein fremdes – Stadtmädchen – am Mühlenteich!

Es wurde ihr heiß und eng bei dieser Nachricht, und voll unruhiger Neugier lief sie an den Mühlteich, weniger, um das Mädchen zu sehen, als um nach Hans zu schauen, ob der nicht am Ende dort wäre. Aber sie traf nur Emma, die am Ufer hinlaufend ein papierenes Segelschiffchen an einem Faden durch das stille Teichwasser zog. Sie sah ihr einige Zeit zu, schweigend, da sie sich mit einem so vornehmen Stadtkind nicht zu reden getraute, und war ganz erstaunt, als Emma, über den Steg des Wehrs laufend, sie fragte, ob sie nicht auch ein solches Schifflein schwimmen lassen wolle? Lena schwieg; sie war sehr verlegen über solch unverhoffte Anrede und brachte kein Wörtlein heraus; die andre aber fuhr geradeheraus fort: »Hans wird auch ein Schifflein bringen; kennst du den Hans?«

Lena nickte.

Sie kannten also einander schon!

Langsam und ohne ein Wort zu sagen, zog sie sich zurück. Hinter dem nächsten Haus, wo Emma sie nimmer sah, geriet sie ins Springen, rannte den Obstgarten hinunter, der lebenden Hecke entlang, bis an die Gartenlaube, wo Hans sie sonst immer abzuholen pflegte. Der aber war dort nicht zu finden und ließ sich auch auf ihr Rufen nicht sehen; sogar der ganze Nachmittag verging, ohne daß sie ihn auch nur mit einem Auge gesehen hätte. Er war, wie sie schließlich erfuhr, mit seinem Onkel schon vormittags auf der Eisenbahn auswärts gefahren.

Montags trafen sie sich einander am Mühlenteich alle drei, ohne Verabredung. Hans kam einige Minuten später als das Mädchen. Emmas Schifflein schwamm schon; Lena hatte das ihre an einem Faden im Grase liegen. Sie lief auf den ankommenden Knaben zu und bat ihn abseits, am Nachmittag wieder einen Spaziergang mit ihr zu machen. »Aber ganz allein mit mir, gelt, Hans!« fügte sie hinzu. Hans sagte nur ganz kurz und gleichgültig »Ja« und rief, ans Wasser laufend, Emma einen Gruß zu; dann setzte er sein Schifflein – es war ein starkes, aus Rinde geschnitztes Segelschiff mit drei Masten und sieben Segeln – in die Mündung des Bächleins und ließ es frei schwimmen, indem er dem langsam und still hinsegelnden stolzen Fahrzeug nur zuweilen mit einer langen Rute die Richtung gab…

»Schau meins, Hans!« rief Emma.

Er dagegen: »Meines schwimmt frei, schau nur, Emma!«

Lena ging's wie ein Dolchstich ins Herz. Sie getraute sich gegenüber zwei so stolzen Fahrzeugen ihr bescheiden Papierboot gar nicht ins Wasser zu setzen. Schließlich tat sie's aber doch und rief: »Schau, meines, Hans!«

Aber der gab kaum acht darauf.

Einige Zeit trieben sie das Spiel mit Eifer so weiter, indem immer eins die andern auf sein eigen Schiff aufmerksam machte, soweit es ihm gelang. Da warf plötzlich Emma, launisch und, wie es schien, des Spiels überdrüssig, den Faden weg und lief davon. Hans sah dies nur, ließ sein stolzes Segelschifflein ebenfalls fahren und lief dem Mädchen nach.

Um Lena, die ihn zurückrief, kümmerte er sich nicht; in wenigen Minuten war er der Zurückbleibenden entschwunden.

Lena wartete den ganzen Vormittag, ob die beiden wiederkämen, und hütete getreulich die verlassenen Schifflein; aber keins von ihnen sah wieder nach seinem Spielzeug.

Langsam stiegen ihr da die Tränen in die Augen, und sie trat, mit ihrem Schiffchen im Arm, den Heimweg an...

Ein Luftschiffer

Er ist ein Luftschiffer, der Künstler. Mit viel Ballast, darunter wohl auch eine Schar gleichgesinnter Jugendfreunde, füllt er die Gondel des straffen Ballons, den die Ideale und die Hoffnungen blähen und tragen. Dann steigt er selber ein; die Seile, die ihn noch an die sichere Erde fesseln, werden gekappt, eins nach dem andern. Glückliche Fahrt! rufen sie ihm nach, die vorsichtig unten bleiben; glückliche Fahrt! Und dabei freuen sie sich und lachen sich still ins Fäustchen, die Guten, da sie selber glückliche Fahrt haben am festen Boden hin.

Glückliche Fahrt! Und die Erde versinkt. Nun trägt es ihn still und hoch dahin. Über Wälder kommt er zu fahren, die wie Wolkenschatten auf der Erde liegen: Sie steigen langsam zu ihm herauf und hauchen ihm Kühle zu. Über Äcker hin schwebt der Ballon: die sinken tiefer. Ruhig trägt ihn ein freundliches Lüftchen gegen einen See, der wie eine geschliffene Metallplatte von fern herüberglänzt. Er gelangt über die Fläche, die ihn nun dunkel anblickt und in der er alle Tiefen und die Furche des Flußlaufs erkennen kann. Rasend steigt der See empor, ein düsteres Ungetüm, das sich selber sein Opfer holt. Ballast aus! Ballast! Das Tier ist befriedigt; und schneller, als er heraufgeschnappt, zieht der See sich zurück, sinkt die Erde hinab, und gerettet sieht der Kühne aus der Höhe wieder die Dörfer, die Hügel, die Wälder und Städte unten liegen, wie ungeordnet verlassenes Spielzeug verschlafener Kinder. Jede

Luftströmung – die feuchtere über Wäldern und Wassern, die wärmere leichte über trockenem Ackerland – verändert seine Fahrt, ändert die Erhebung: So bleibt er der feine Barometer der Natur, der Erde, selbst wenn er sie nie am Boden berührte. – Wenn er dann oben steht, wie der Adler in der Sonne –: wie still geht die Fahrt! Wie scheu gedämpft – ein Flüstern nur – dringt der Lärm des Marktes herauf! Gehen sie alle in Filzschuhen drunten, daß sie sich nicht allzu hart auf die Füße treten und keine Hühneraugen kriegen? Und kaum vernehmbar wird dem Luftschiffer in seiner Höhe das Seufzen der Mühseligen und Beladenen, der Sorgenschlucker und Schollenkleber. Er sieht sie kribbeln und krabbeln: ein wimmelnder, arbeitender Ameisenhaufen hier, dort ein aufgestörter zorniger Bienenschwarm, der sich um seine Zellen wehrt, um sein bißchen Honig schlägt und erregt. Aus seiner Höhe geschaut, liegt so das Ganze vor ihm; sein umfassender Blick sieht nicht die häßliche Kleinheit, nicht die verwirrenden Einzelheiten, von denen alle erfaßt und gerüttelt werden, die an der Erde hinkriechen.

Und so mag er sich beneiden lassen von den Winzigen unten, wenn sie ihn noch erkennen können [...] Höhe, wenn sie wissen und fühlen, wie [...] über sie wegfliegt.

Aber – er sieht es kommen: Auch ihre Schrecken hat die Fahrt. Ahnte er das nicht; ahnten es nicht seine Freunde und Begleiter, als sie emporstiegen mit ihm?

Kälter haucht die Luft herauf aus Westen; und wieviel er ihr auch seines Ballastes zuwirft – die Erde giert gieriger, giert unersättlich empor. Der Sturm steht auf;

Herbstnebel

wütend schlägt seine Faust gegen den Ballon, zornig zaust er von allen Seiten das bewegliche Fahrzeug: er selber das Meer, er selber Steuer und Steuermann. Dem Fahrer mag's grausen; seine Freunde, blaß und zitternd, fassen die Stricke; keiner rührt mehr eine Hand. Schwere, sich wälzende Wogen des Windes; schrecklich nahe steigt plötzlich die Erde heran; schwarze Schatten der Sturmwolken, grelle Sonnenblicke huschen dahin, jagen einander, verschlingen einander. Spitze Türme stechen nach dem Schiff. Zakken und Giebel fahren ihm wie lebendige Klippen entgegen; vielarmige Bäume wollen es haschen; an die Erde gepeitscht, schleift die Gondel dahin. Menschen sammeln sich. Neugierig schauen sie, dann nahen sie, furchtsam noch, mit Sensen und Spießen, um nach dem Ungetüm zu stechen, das sich über ihre Äcker trollt und die Kohlköpfe knickt. Sie rufen sich Mut zu, einer dem andern; sie dringen vor; sie glotzen und staunen – da sie Menschen sehen – wer da stranden möge...

»Ballast aus! Allen Ballast!« ...

Den Gaffenden stäubt der Sand in die Augen; sie sind geblendet; sie schütteln die Fäuste, sie schimpfen und toben und werfen mit Steinen – aber – hahaha! sie versinken schnell, sie verschwinden in Ohnmacht.

Freie Fahrt wieder! Freie Fahrt, ob es auch tobt und wütet ringsum.

Nur ein paar Freunde fehlen: Sie ließen, als das Fahrzeug an der Erde hinfuhr, sich über Bord fallen aus der Gondel: Lieber den Tod als diese Schrecken der Fahrt! sagten sie zueinander. Heimlich aber dachten sie: Lieber die Rettung als den Tod! – Nun gehen

sie wieder auf fester Erde, ein wenig geschürft und ent-
häutet zwar, aber aufatmend und gerettet. Doch gerettet, bei allem Verluste, gerettet ist auch der Künstler;
einsamer zwar fährt er und jagt durch rasende Lüfte,
aber unten liegt die Erde, unten seine Gefahr; nicht
Türme mehr, nicht Giebel und haschende Bäume können ihn zerschmettern, festhalten, niem[...] Und es
kommt auch die Zeit wieder, wo er, hoch und still, wie
ein Adler, in der Sonne schwebt...

Wohl mag er sich noch oft den Befehl zurufen: Ballast aus! Allen Ballast! Manchen Freund mag er noch
opfern müssen und über Bord werfen in die Tiefe; alle
wirft er vielleicht hinab, damit er nur oben bleibe in
der Sonne, damit nur er sich wieder erhebe nach den
Stürmen, die ihn aus seiner Höhe an die Erde peit-
schen. Denn das ist sein Schicksal, seine Not und sein
Gebot: Daß er nie die Erde ganz verliere; daß er
manchmal wieder hart ihren Boden streife und den
nährenden Duft ihrer Äcker atme; daß er die Leiden
ihrer Menschen sehe und ihr Lachen und ihren Jubel
höre. Und wenn er auch weit über sie wegschwebt, daß
sie ihm nur als mühsame Tiere erscheinen, die er meint
verachten zu dürfen –: immer bleibt er doch im Dunst-
kreis ihrer Erde; denn sein schwebender Ball, wie hoch
er ihn tragen mag und wie leicht er auch fliegt – es
trägt ihn doch die Erdenluft, und er steigt oder fällt,
wie ihre Strömungen wollen. Die Menschen aber, ob
sie ihn beneiden oder bemitleiden, ob sie ihn begrüßen
oder fürchten und verhöhnen: Sie nehmen einstens die
Geschenke, die er ihnen zuwirft; sie freuen sich der
Bilder aus der Höhe, die er sammelt in dunklen Stür-

men, wie im Goldglanz der Sonne. Aber sie danken ihm nicht oder doch selten nur; denn sie sagen: Es ist sein Beruf, es ist seine Pflicht.

Doch schwer und wechselvoll ist seine Fahrt, und je höher er geht, sie fahren immer, geraden Weges, Eisenbahn, und höchstens im Rausch einmal – Karussell! ...

Komödie

»Sie läßt sich nicht scheiden! sagen Sie – ?«

Die Frau Notar reckte sich im Sessel vor, Enttäuschung und Verwunderung in den Mienen; Dr. Rebholz aber, ihr Besuch, zuckte die Achseln: »Wie ich Ihnen sagte: nein!«

Auch er hatte es anders erwartet; doch heuchelte er die kühle Gelassenheit eines Mannes, der sich mit den gegebenen Tatsachen abfindet und nur mit realen Werten rechnet. Nach seiner Antwort trat ein kurzes Schweigen ein; Rebholz, der die verwunderten Blicke der Frau Notar forschend auf sich ruhen fühlte, schaute geradeaus nach einem Gemälde an der Wand gegenüber, und seine Linke spielte etwas unruhig mit der Troddel an seiner Sessellehne. Die Frau aber mußte wieder fragen:

»Aber ich bitte Sie, Herr Doktor: sieben Jahre Zuchthaus – sagte sie; – wie will die lebenslustige Frau Direktor diese lange Zeit der Trennung –«

Der Anwalt erriet, was sie sagen wollte; er sah sie aber nur schweigend an und zuckte dann mit pikantem Lächeln die Schultern.

Keine Scheidung! ...

Es war ein zu interessanter Fall, wenn man ihn mit allen Nebenumständen und etwaigen Folgen betrachtete, als daß dieser sein unerwarteter Ausgang nicht hätte allgemein enttäuschen sollen. Was war nun die ganze Aufregung wert, worein sich die ganze Stadt so wollüstig hineingewühlt hatte, wenn jetzt alles so tugendlich und sittenfest verlief? Und in dem ungeheuerlichen Gedanken der Frau Notar, der sich in die

Worte: Keine Scheidung! fassen ließ, zitterte die ganze Enttäuschung der entrüsteten klatschenden Kleinstadt aus, und jedes Haus dort schien sein Gesicht langzuziehen und große Augen darob zu machen...

Keine Scheidung! ...

Dem Dr. Rebholz, dem Verehrer der jungen Frau Direktor, war in dem schweren Unterschlagungsprozeß ihres Gatten, des Direktors der Reichsbankfiliale in K., die amtliche Verteidigung übertragen worden. Das wäre an sich Ironie des Schicksals genug gewesen; allein die moralfesten Bewohner von K. begnügten sich damit noch nicht. Sie verteilten das Fell, bevor der Bär erlegt war, und sie glaubten, das zu dürfen, als tapfere Jäger, die auf geschütztem Posten standen. Und so rechnete man denn (und insonders die besseren Frauen): Wird der Angeklagte freigesprochen, so muß er sich seinem Verteidiger dankbar zeigen, er und nicht weniger seine Frau. Wobei man mit den Augen zwinkerte; denn über das Wie war man sich so ziemlich klar, um so klarer, da man wissen wollte, die Ehe der jungen Frau mit dem brutalen Mann habe nie auf Herzensneigung geruht, und Dr. Rebholz, der Hausfreund des Direktors, sei immer den Frauen – aber nicht einzig der Frau Direktor – gefährlich gewesen. Eine Verurteilung des Angeklagten aber – und darauf hoffte man – würde die Sache auch kaum verändern; höchstens noch weiter zugunsten des Verteidigers. Denn der konnte dann der schwergeprüften schönen Frau zart und galant über die einsame Zeit der langen Trennung weghelfen, wenn er nicht etwa gar den Scheidungsprozeß zu führen bekam, in welchem er wohl sicher siegen würde...

Mochte es aber enden, wie es wollte – auf alle Fälle war die Frau Direktor zu beneiden. Nicht minder Dr. Rebholz auch. Und die Frau Notar fühlte im tiefsten Herzen wirklich was wie Neid.

»Aber was sagen Sie zu dieser Überraschung, lieber Doktor?«

»Zum ersten Mal finde ich« – sagte er eitel und wichtig – »kein Wort, um einen so unbegreiflichen Vorfall zu benennen.«

»Es ist aufopfernde Treue!« sagte die Frau Notar. »Ich hab' es Ihnen ja oft gesagt: echter Treue und eines solchen Heroismus in der Liebe sind nur die Frauen fähig!«

»Ich dachte das anfangs auch; d.h. das von der aufopfernden Treue«, meinte ironisch der Anwalt.

»Und warum jetzt nicht mehr?«

»Wenn Sie mich anhören wollen, gnädige Frau – «

»Aber sehr gern, bitte –!«

»Als ich der Frau Direktor heute, bei der Mitteilung, daß das Urteil rechtskräftig geworden sei, schonend meine weiteren Dienste anbot, fragte sie mich, was ich wohl damit meinte. Ich bedeutete ihr, die Rücksichten auf ihren ferneren Verkehr in der besseren Gesellschaft würden ihr zur Scheidung ihrer Ehe raten. Worauf sie mich halb verwundert, halb entrüstet ansah und fragte: Können Sie mir sagen, ob das jemand erwartet? Man erwartet es allgemein, sagte ich; und als Ihr Rechtsbeistand fühle ich die Verpflichtung, Ihnen das mitzuteilen...«

»Es ist naiv von ihr, was andres zu erwarten«, warf die Frau Notar hier ein; »aber so war sie immer; immer ein Kind!«

57

Dr. Rebholz aber fuhr fort:

»Sie sagte darauf bitter, sie wisse wohl, man habe bei ihrer Verlobung auch allgemein geredet, sie würden zusammen nicht glücklich sein, und jetzt triumphiere man schon ob ihrer Scheidung! Aber daran sei kein Gedanke; es verstehe sich von selbst, daß sie mit ihrem unglücklichen Mann verbunden bleibe, so im Leid wie in der Freude. Und im selben Augenblick rief sie ihre Eltern herein, die voll sittlicher Entrüstung über die Forderung der guten Gesellschaft nicht nur ihren Beifall zollten, sondern gar behaupteten, dies sei sogleich in der Familie der einstimmige Beschluß gewesen, nachdem in der Presse die ersten Stimmen über den unglücklichen Fall laut geworden wären...«

»Und Sie, was sagten Sie darauf?«

»Es war vergeblich, sie zu belehren. Ich nannte ihren Entschluß den Heroismus des Eigensinns, eine Tragödie der Helden wider Willen, eine Komödie der falschen Aufopferung und ähnliches mehr; lauter Benennungen, die hart genug sprachen, die sie aber entweder nicht verstanden oder einfach wirkungslos am Ohr verhallen ließen. Und damit sah ich, daß man meiner Dienste weiter nicht bedürfe... Bevor ich dann ging, kam ihr kleines Mädchen noch in die Stube und fragte weinend nach seinem Vater. Worauf sie es trösteten: Es möge nur ruhig sein; Papa werde bald wiederkommen.«

»Und so wurden Sie entlassen –?«

»Ich empfahl mich, natürlich. Im Garten unten rief mich die junge Frau noch einmal zurück. Ich möchte doch, bat sie mich, bei der Behörde um die Umtaufung

Klatsch

des Kindes auf den Mädchennamen seiner Mutter ein-
kommen. Es könnte später – fürchte sie – unter dem
Namen seines unglücklichen Vaters zu leiden haben.«

Der Kinderwagen

Der Postsekretär Winkler und seine Frau waren, wie es in dem kleinen Städtchen allgemein hieß, gute, rechtschaffene Leute, die niemand was zuleide taten und froh waren, wenn man sie selber ungeschoren ließ. Um so mehr schien man Grund zu haben, sich über ihren einzigen Sohn den Kopf zu zerbrechen, vielmehr über die Frage, wie er so ungeraten hatte ausfallen können; war doch seine um einige Jahre jüngere Schwester das beste und folgsamste Mädchen, das man finden konnte. Auch die Eltern wußten in ihrem Gram und Kummer keine Erklärung für dieses, wie sie meinten, so seltsame Naturschauspiel; und so oft sie nach einem schlimmen Streiche Ottos über diese Frage nachdachten, kamen sie jeweils zu der einzigen Antwort: Von seinen Eltern kann er's nicht haben! Eine Versicherung, die ihnen schließlich ein bescheidner Trost wurde und immer noch die Hoffnung bot, der junge Mensch handle vielleicht nur kopflos und unüberlegt und könne am Ende doch noch auf die bescheidnen guten Wege seiner Eltern kommen.

Das von der Frau mitgebrachte Vermögen hatte sich bei der beispiellosen Sparsamkeit ihres Mannes, die fast an Knickerei grenzte, bis zum Heranwachsen der beiden ungleichen Kinder tüchtig vermehrt, so daß Otto eine höhere Erziehung genießen konnte und seine Schwester einst mit Grund als eine gute Partie erschien. Die allzu schlimmen Fehltritte des Jungen aber hatten ihn bald vom Gymnasium ausgeschlossen, und als er später in einigen Handelsschulen auch nicht guttat und in verschiedenen Geschäften des Städtchens, in denen er nacheinander untergebracht wurde, in die Kasse griff, angetraute Gelder veruntreute oder Waren mitlaufen ließ, um sie in Bares umzuwandeln, setzte sein sonst übergütiger Vater plötzlich einen strengen Kopf auf und beförderte den Sohn zur Strafe nach Amerika, als einer harten Schule des Lebens, wie er meinte, die allein den Taugenichts noch bessern könnte. Indes, bevor sich die bekümmerten Eltern versahen, war Otto wieder da, machte zum Willkomm auf den guten Namen der Seinigen Schulden und ließ sich schließlich, da gerade die Zeit da war, zur Besserung ins Militär stecken; denn die Eltern drangen bei der Behörde darauf, sie möchte sich zu beiderseitiger Beruhigung des unsichern Heerespflichtigen versichern. Wo er denn auch gerade gut genug tat, um nach kurzer Zeit seine übrige Dienstzeit als Soldat zweiter Klasse auf der Festung abzuarbeiten.

Nach Ablauf der Bußfrist sollte Otto in einer Filiale einer größeren Bank untergebracht werden, die im ersten Stock seines Elternhauses ihre Geschäftsräume hatte. Mit gütigen Vorstellungen, mit eindringlichen Bitten und mit der Drohung endlich, ihn im Falle eines neuen Fehltritts unbarmherzig – und diesmal ganz bestimmt! – zu verstoßen, hatte man den Burschen reumütig gestimmt und von ihm das feste Versprechen einer endgültigen Besserung erhalten. Der Direktor der Bank, ein Mann, der im allgemeinen wenig beliebt und den Eltern Ottos mindestens gleichgültig, wenn nicht gar im stillen widerwärtig war, nahm sich des armen

Kleinstadt–Idyll

Burschen zuvorkommend an und versprach den Leut-
lein eine strenge Aufsicht und eine gute Unterweisung
ihres Sohnes. Der ganze Handel nämlich galt ihm als
ein sehr gelegenes Geschäft; denn er hatte seit länge-
rem ein gieres Auge auf die erblühte Schwester Ottos
geworfen und sie mit liebender Zudringlichkeit ver-
folgt, trotzdem das Mädchen seit anderthalb Jahren als
mit einem Studenten verlobt galt und den häßlichen
Direktor von Herzen nicht leiden mochte. Der aber
dachte, seine gesicherte Stellung und die künftige Verpflichtung der Eltern Ottos könnten ihn über den Ver-
lobten schließlich noch siegen lassen. Und so setzte er
mit freundlicher Zurede und mit der besten Selbst-
empfehlung die Aufnahme des Burschen durch, gegen
die Bedenken einzig des Studenten, die zwar schwer
genug wogen, endlich aber doch von Winklers als etwas übertrieben und hoffentlich unbegründet zurück-
gewiesen wurden.

Geraume Zeit führte sich Otto ganz nach Wunsch
seiner Angehörigen; nicht einmal Zechschulden, die
er sonst in Gesellschaft lockerer Burschen meisterlich
hatte zu machen verstanden, wurden je mehr heimge-
meldet. Dies galt der nächsten Umgebung Ottos als
eine Art Triumph über den ängstlichen Sinn des Ver-
lobten Berthas; und man kam deshalb seit einiger Zeit
dem Direktor, dem man dies danken zu müssen glaubte,
freundlicher entgegen, ja mit einer gewissen Herzlich-
keit, die ihm nun auch Bertha, trotz ihrer Abneigung,
erweisen mußte, wenn nicht aufrichtig und ehrlich, so
doch mit jener Art anbefohlener Heuchelei, die nun
einmal, wie man ihr sagte, im Leben zuweilen nötig

sei. Was aber hier als unentbehrliches Mittel zum gesellschaftlichen Verkehr galt und als unschädlich und
unverwerflich gehandhabt wurde, war, sobald es Otto
greifbar an Gegenständen oder zu seinem unmittelbaren Vorteil gegenüber Personen übte – Lüge und Betrug. Und man rang darüber die Hände und mußte
sich immer von neuem wieder fragen: »Von wem hat er
das nur geerbt? Von seinen Eltern kann's doch nicht
kommen!«

Einmal nur hatte Frau Winkler dem Bräutigam Berthas gegenüber die Vermutung über die wahrscheinli-
che Ursache der Ungeratenheit ihres Sohnes geäußert,
und nur ihm gegenüber, und in einer Stunde besonderer Vertraulichkeit und Erleuchtung. Und dem Studenten war ihre Ansicht anfangs als möglich erschienen, später aber als so komisch, daß er bei sich darüber
lachen mußte, so oft ihm die seltsame Erklärung ein-
fiel...

Indes machte er sich schließlich selber auch Gedanken über diese Frage, die ihn früher nie beschäftigt
hatte, und ihr Ergebnis gefiel ihm nicht eben. Auch der
herzlichere Umgang Winklers mit dem Direktor, worin
er sofort die Heuchelei entdeckte, verstimmte ihn; sie
aber merkten den tieferen Grund seiner Verstimmtheit
nicht und suchten ihn in der Eifersucht. Und so sehr
der junge Mann an Bertha hing und so wenig er je ge-
glaubt, sich einst von ihr trennen zu können, so gut sah
er nun allgemach ein, daß er auf einen andern Standpunkt gedrängt wurde. Gewohnt, sich nichts vorzu-
machen und aus allen seinen Überzeugungen die Kon-
sequenzen zu ziehen, beschloß er, den Dingen den Lauf

zu lassen. Wenn – wie er's nannte – die Zeit reif wäre, wüßte er sicherlich, was zu tun war.

So vergingen noch einige Monate. Da traf den Studenten eines Abends, als er eben auf Ferien angekommen war, der Direktor im Gasthof und setzte sich zu ihm. Und je zurückhaltender jener schien, desto rascher rückte dieser heraus, und da erfuhr der Student denn, daß Otto, der durch lange untadelige Führung alle ins Vertrauen eingelullt, Wechsel in höherem Betrag gefälscht und sich mit unterschlagenen Geldern aus dem Staub gemacht hätte. Das sei natürlich für die schwergeprüften Eltern eine sehr unangenehme Geschichte, denn einzelne Geschädigte hätten sofort auf Anzeige bei der Staatsanwaltschaft gedrungen und sich nur durch rasche Begleichung der Beträge zum Schweigen bestimmen lassen. Aber man müsse doch schon um der bekümmerten Familie willen einen Skandal verhüten; es sei dieser auch einzig daran gelegen, für sich und die arme Tochter den guten Ruf zu retten. Der Student schwieg anfangs auf diese Nachricht hin; er sah, daß sich nur erfüllt hatte, was er vorausgeahnt; als der Direktor aber immerfort die Notwendigkeit einer Vertuschung betonte, äußerte jener endlich seine Bedenken und machte den Mann auf die Gefährlichkeit der Hehlerei aufmerksam. Worauf ihn der Direktor bat, unter allen Umständen zu schweigen und auf die arme Familie Rücksicht zu nehmen, die ja unter diesem Taugenichts von Sohn genügsam zu leiden hätte. Bald darauf empfahl er sich, vertrieben durch das drückende Schweigen, das sich einstellte; der Student aber begab sich zu Bette und fand Muße, über

Fragen nachzusinnen, zu deren Lösung er in jener Nacht, besonders nach diesem neuesten Gebaren Winklers, den Schlüssel fand.

Und er schlief endlich ein, mit einem Lächeln über die seltsame Erklärung, die ihm vor Zeiten Frau Winkler über ihren bösen Sohn gegeben.

Aber dieselbe schwere Frage beschäftigte an jenem Abend auch die guten Eltern Ottos wieder; und immer aufs neue stießen die beiden Leutchen auf das gleiche Rätsel.

Woher konnte der arme Junge nur diesen Hang zu Betrug und Lüge haben? fragte man. Er hatte das doch gar nicht nötig, da man ja Mittel genug besaß und ihn doch sicherlich nicht zu knapp […]! Und wieder: Von uns kann er's nicht haben! sagten sich die beiden Eltern. Wann hätten wir im Leben je auf so etwas gesonnen, geschweige gar, daß wir's verübten! Und seine Schwester hat doch auch nichts Ähnliches! Sie ist ja so gut, so brav, so ehrlich, so aufrichtig und wahrhaftig, so willig, daß sie uns jeden Wunsch von den Augen abliest! Und er! Er ist von ihr 's gerade Gegenteil! meinte die Mutter. Sein Onkel, dein Bruder, freilich ist […] Taugenichts gewesen! sagte der Vater. Die Mutter darauf: Was hat aber der Onkel in unserer Familie zu schaffen? Ein Kind gerät doch nach seinen Eltern und nicht nach dem Onkel! Und ich, wie du, haben ja nichts von meinem Bruder! Freilich nicht!« sagte der Vater leichthin und mit blauem unschuldigem Blick. Aber irgendwo muß er's doch herhaben, sonst wär's nicht da! wollte die Mutter wissen. Schau Papa – ich hab schon manchmal gedacht: Meinst du nicht auch, sein Kinder-

wagen könnte schuld dran sein? Du weißt doch, der
Korb hat immer so arg gewackelt, wenn wir ausgefah-
ren sind; könnt' es da nicht dem armen Kind das Hirn-
lein zu stark erschüttert haben, daß ihm ein Schaden
davon geblieben ist? Vater Winkler nickte schweigend.
Wir haben nachher – weißt du noch? – als die Bertha
zur Welt kam, den Kinderwagen dem armen Post-
schaffner geschenkt, der immer mit der Bahnpost gefahren ist. Und du weißt: Sein Sohn ist der gleiche
Leichtfuß geworden wie unserer. Und unsre Bertha,
die wir nie in dem Kinderwagen gefahren haben, ist so
gut und brav geraten! meinte die Mutter. Der Vater
schwieg wieder, aber er dachte ehrlich nach, und nach
diesem langen ehrlichen Nachdenken fand er schließlich, daß alles stimme und seine Frau wohl recht habe.
Und so mußte denn der wacklige Kinderwagen schuld
sein und als Sündenbock dienen: ein Trost, gering genug zwar, aber doch hinreichend, den guten Eltern
eine schwere Verantwortung abzunehmen.

Dann kam noch – es war schon ziemlich spät – der
Direktor ins Haus und berichtete Wichtiges. Es han-
delte sich dabei um sein Zusammentreffen und seine
Unterredung mit dem Studenten.

Den beiden Eltern aber erschien die ganze Nacht
im Traum der böse Kinderwagen, mit seinem Korbe
wackelnd und dem kleinen Otto, der drin lag, das
Hirnchen erschütternd …

Als am andern Vormittag der Student bei Winklers
Besuch machen wollte, um sein letztes Wort dort zu
reden, begegnete er unterwegs einem Mädchen mit einem Kinderwagen, dessen Korb bedenklich schwankte.

Da mußte er trotz seines Ernstes lächeln und beschloß heimzukehren, weil sich ihm eine spöttische Bitternis ins Herz ergoß, die ihn nicht hätte frei und ruhig reden lassen. Im Gasthaus fand er einen Brief von Papa Winkler vor, worin der ihn bat, auf Bertha verzichten zu wollen, da sie seiner nicht würdig wäre, wegen der Ehrlosigkeit ihres Bruders.

Der Student aber ahnte alles und wußte, daß der Haken woanders saß. Er faltete den Brief zusammen, lächelte bitter und sagte:

»Der Kinderwagen – der ist schuld daran!«

Die Frühmesse

Als Hildberg, der junge Geistliche, vor dem Kruzifix auf der Höhe des Weges grüßend den Hut lüftete, geschah es mit einem scheuen Blick, als hätte er ein böses Gewissen dabei. Er schritt dann langsam weiter, unter den Obstbäumen der Straße hin, die in sanfter Windung nach dem Hof Brunnberg hinabführte. Dieser lag, von hohen herbstlichen Bäumen umstanden, in einer Wiesensenkung, einsam, wie abgesprengt von den paar Dörfern der ferneren Umgebung; im Osten stand die gerade lange Mauer eines Buchenwaldes; gegen Westen stieg langsam das Gelände an bis zu einer sanft geschwungenen Hügelkette, über der die sinkende Sonne stand und ein langer bleigrauer Wolkenstreifen hinzog. In den Hofraum eintretend, sah er sich gegenüber, wie einen Steinwürfel, das große Wohnhaus mit dem französischen Dach und der blauen Uhr auf seinem Türmchen, die halb sieben zeigte. Aus dem langen Wirtschaftsgebäude zur Rechten hörte man Viehbrummen aus offenen Ställen und Stimmen von Dienstboten; ein Brunnen plätscherte in einen langen Steintrog; ein zweiter floß aus einer halbrunden Mauernische neben der Tür des Wohnhauses. An der zweiten Steintreppe lag der Hofhund, den Kopf zwischen den Vorderfüßen und leise und mißtrauisch knurrend; als ihn aber Hildberg freundlich beim Namen rief, wedelte das Tier, und er konnte ungehindert eintreten. Unter der Haustür kam ihm die Bäuerin entgegen und grüßte mit dem ortsüblichen »Gelobt sei Jesus Christ!«

– »In Ewigkeit, Amen!« sagte Hildberg, drückte ihr die Hand und trat in das weite Wohnzimmer, wo ihn die Frau am großen runden Tisch Platz nehmen hieß, während sie ihren Töchtern rief und die Näharbeit wegräumte, ein schwarzes Kleid, an dem sie ausgebessert hatte.

Die beiden Töchter kamen, begrüßten den Pfarrer scheu und verschwanden dann wieder in der Küche.

Das Geschäftliche, das Hildberg auf den Hof geführt hatte, war schnell abgetan. Der Jahrtag für den verstorbenen Brunnbergbauer mußte um einen Tag verschoben werden wegen eines Todesfalles im Dorfe und weil der alte Pfarrer selber leicht erkrankt war und alles dem Vikar hatte übertragen werden müssen. Um so höher glaubte die Bäuerin dem jungen Pfarrer den ehrenden Besuch anschlagen zu müssen; sie dankte ihm für die Mühe, die er sich zu so später Stunde noch genommen habe, und bat ihn, zum Nachtessen zu bleiben. Es werde gleich aufgetragen werden, und der Herr Pfarrer sei gewiß müde von dem weiten Weg. Heim wolle sie ihn dann durch den Oberknecht fahren lassen; doch müsse er unbedingt eine Kleinigkeit zu sich nehmen. Hildberg nahm an und blieb; und es waren beide, jeder aus besonderem Grund, mit dieser Entscheidung zufrieden.

Das Nachtessen wurde am runden Tisch eingenommen, über dem die Hängelampe brannte; Wein und Weißbrot mit Butter blieb zum Nachtisch da, des Gastes wegen; sonst war das auf dem Hof nicht Brauch. Die beiden Töchter nähten; Emilie, die ältere, welche verlobt war, saß dem Pfarrer zur Linken, rechts von ihm die Brunnbergbäuerin, die vorwiegend die Unterhaltung führte. Lina saß ihm gerade gegenüber auf der Wandbank, in der Nähe des Fensters. Sie war meist über ihre Stickerei gebückt und schwieg immer, und er bekam ihr Gesicht nur selten voll zu sehen, etwa wenn sie ihm Wein nachschenkte oder beim Einfädeln ins Licht blicken mußte; zudem fand er es angebracht, seine Blicke zu zügeln, und hörte fast immer der Bäuerin zu, um erwidern zu können, wo ihm's angebracht schien.

Frau Möll hatte eine fein gelbliche Gesichtsfarbe und dunkle kluge Augen, die schmale Nase war gerade, die Lippen länglich und wohlgeschnitten. In glänzendem Braun lag das Haar, das in der Mitte gescheitelt war, platt an den Schläfen an. Das schwarze Kleid, das sie nicht nur aus Trauer trug, sondern weil es ihr gut zu Gesicht stand, gab ihr eine gewisse bescheidene Vornehmheit. Die ältere Tochter glich ihr im Äußeren ganz; Lina hingegen hatte die größeren grau-blauen Augen des Vaters und im Ganzen auch seine Züge, ins Mädchenhafte verfeinert; Hildberg sah es aus dessen Bildnis; es hing gerade über ihr an der Wand.

Die Frau sprach anfangs von allgemeinen Dingen: von Angelegenheiten des Hofes, vom vergangenen Sommer, von der Ernte. Dann auch von ihrem Sohn, der auf der landwirtschaftlichen Schule sei; über kurzem aber, nach Emiliens Hochzeit, müsse er auf den Hof kommen, meinte sie. Eine Frau tue zu schwer mit so vielen und oft eigenwilligen Dienstboten.

Hildberg nickte nur zuweilen auf die Worte der Bäuerin; er ließ ihr gern den Vortritt in der Unterhaltung, da ihn eigene Gedanken sehr beschäftigten. Am Ende – dachte er – hörte er immer noch genug, um ihr, wo es sein mußte, zu antworten. –

Über all dem war es draußen dunkel geworden und auf dem Hofe still, da alles getan und die Dienstboten zu Bett waren. Durch den offenen Flügel des einen Fensters drang nur das gleichmäßige Plätschern der beiden Brunnen und ab und zu das Knurren des Hofhundes, der scharf wachte. Der Himmel hing jetzt schwarz bewölkt; in den Bäumen rührte sich leise der Westwind...

Hildberg ertappte sich plötzlich auf allzu großer Schweigsamkeit, worüber er sich ein Gewissen machte und, wenn es angegangen wäre, am liebsten sich fortgestohlen hätte. Was saß er da und kämpfte unter Menschen, die er liebte, seine Seelenkämpfe durch, immer unentschiedener, weil er zu einer Entscheidung den Mut nicht besaß? Und was wußten, was ahnten nur auch diese Leute von seinen Wünschen und Leiden? Im besten Falle mußte er ihnen unhöflich erscheinen mit seinem beständigen Schweigen. Er raffte sich auf, horchte besser hin, soweit es sein eigenes Sinnen zuließ, und antwortete ab und zu. Und meist mit viel Sachverständnis, so daß die Bäuerin einmal meinte, er würde wohl jeden Beruf ebenso gut versehen wie sein geistliches Amt. Doch gab er nichts auf solch unnütze Schmeichelei, wie er dachte, und verfiel bald wieder, trotz aller Beherrschung, dem Kampf seiner Gedanken. Da hielt miteins auch die Bäuerin inne, und ihr plötzliches Schweigen nach so lebhaftem Redefluß weckte Hildberg auf, und er schaute sie fragend an. Sie machte ein etwas vorwürfiges Gesicht; denn sie hatte soeben von ihrem verstorbenen Mann geredet und Hildberg wohl alles überhört. Er wollte gerade etwas sagen, da fuhr gerade ein Windstoß durchs Fenster herein und löschte schier die Lampe. Lina schloß eilig den Flügel; die ersten schweren Tropfen schlugen schon daran.

Der Pfarrer war aufgestanden. Die Mädchen ließen ihre Arbeit sinken und sahen zu ihm auf.

»Es ist Zeit zu gehen«, sagte er. »Das Wetter muß mich mahnen, ich hätte es sonst ganz vergessen.«

Aber die Bäuerin wollte ihn halten. »Möchten Sie nicht hier warten, Herr Pfarrer«, sagte sie, »bis das Schlimmste vorbei ist?«

»O, es wird wohl gehen!« entgegnete Hildberg. »In einer halben Stunde bin ich im Dorf, wenn ich gut laufe.«

Nun wollte sie einspannen und ihn heimfahren lassen; aber das lehnte er von vornherein ab. Da es jedoch draußen heftiger stürmte und Frau Möll ihm den Weg vertrat, blieb er schließlich, und es setzten sich alle wieder.

»Sie sind zu ängstlich um mich«, begann Hildberg und erhob sein Weinglas, um anzustoßen. Es war ihnen so heimelig jetzt in der hellen, behaglichen Stube, während draußen das Dunkel in einer Sintflut ertrank und der Wind an Läden und Fenstern zerrte.

»Dem Andenken Ihres seligen Mannes«, sagte Hildberg, indem er mit der Bäuerin anstieß. Sie tat ihm Bescheid; dann stießen auch die beiden Mädchen an. Er forschte dabei eifrig nach Linas Blick; sie sah ihn aber unbefangen an, und er durfte es bescheiden sich selber zuschreiben, daß ihre Gläser stärker zusammenklangen. Dann griff die Bäuerin den Faden der unterbrochenen Erzählung wieder auf. Es war die Geschichte des Brunnberghofes ...

Ungefähr da, wo jetzt das Kruzifix errichtet wäre, hätte früher – sagte sie – ein einfaches Bauernhaus gestanden. Ihr Mann habe es aus der leichtsinnigen Verwaltung seines Bruders noch gerettet, der bald darauf gestorben sei. Zu jener Zeit habe sie den stillen, emsigen Menschen kennengelernt und er kurz darauf um sie angehalten; trotz seinem bescheidenen Besitz mit so ruhigem Ernst, als wäre es selbstverständlich, daß sie seine Frau würde. Aber es seien schwere Bedenken ihrer Eltern zu überwinden gewesen, und von ihrem Heiratsgut hätte sie nichts erwarten dürfen, bevor ihr Mann nicht bewiesen hätte, er wisse sein Gut zu halten und zu mehren. Was ja eine ganz gute Vorsichtsmaßregel ihrer Eltern gewesen sei, fügte sie hinzu. Der Mann habe dann von einem im Dorf aus Abbruch versteigerten Haus Steine und Gebälk allmählich heraufgebracht, in mühsamen Fuhren mit den eigenen Ochsen, aber ohne darüber seine anderen Geschäfte zu versäumen. Von dem dann ausbezahlten Teil ihres Heiratsguts hätte er darauf den nahen Wald erstanden und Steine darin gebrochen, woraus das neue Wohngebäude wohl zum halben Teile aufgeführt sei, hier unten im Wiesenkessel, wo der Hof geschützter war und auch die Quellen sprangen, nach denen er das Gut Brunnberg hieß. Alles wurde nach den Plänen ihres Mannes gebaut und habe sich in der Folge auch trefflich bewährt. Als das Wohnhaus jedoch bis ans Dachgesims aufgeführt sei, habe es mit einemmal dem seltsamen Mann nimmer gefallen und er habe den Abbruch beschlossen, wie sehr sie und die Verwandten ihm den Verlust an Zeit und Arbeit vor Augen hielten. Er habe keine der Einsprachen auch nur mit einem Wort der Erwiderung gewürdigt; nur ihr hätte er einmal erklärt: Wenn mir mein Haus nicht gefällt, so reiße ich's ein und bau es neu, unbekümmert um die Meinung der Leute. Daß mir's nicht darin behagt, ist zehnmal schlimmer als aller Verlust; es macht mich krank, wenn ich's tagtäglich sehen und dran denken muß. – Also habe er's bis auf den Grund niedergerissen und den Plan verändert innen und außen, und es sei besser geworden, wie hernach jeder habe zugeben müssen...

Hildberg schüttelte den Kopf wie ungläubig und sah die Bäuerin an, schweigend und ernst, als wollte er ihr seine eigenen Gefühle in die Seele schieben und dann erforschen, was sie drüber dächte. Aber sie erriet nichts von seinen Gedanken und machte ein kluges, selbstzufriedenes Gesicht, mit der Miene der Erwartung, daß Hildberg ihren trefflichen Mann nun doch auch wohl beloben möchte.

»Ein seltener, seltsamer Mann!« sagte der endlich, indem er jedes Wort betonte; »aber er hat recht gehabt.«

Das war auf die Bäuerin gemünzt; allein er traf nur sich selber damit.

»Ja, er hat recht gehabt« – fuhr die Bäuerin geschmeichelt fort – »und man hat ihn allerorten nachher ordentlich gelobt.« Doch habe er sich an das Lob so wenig gekehrt, wie zuvor an den Tadel; nur ihr habe

77

er einmal gesagt: »Sich nicht beirren lassen ist alles. Was ich tu, ist meine Sache, was geht mich der Nachbar an.« – Und er hat recht gehabt – fügte sie bei. »Dächte nur jeder so und täte danach, so stünde es auch besser in der Welt. Man muß die Menschen nur verstehen, dann kann man Ihnen viel verzeihen; meinen Sie nicht auch, Herr Pfarrer – ?«

Aber Hildberg schwieg; ihn plagten nicht gerade die höflichsten Empfindungen. War das – dachte er – nicht alles bloß ein schönes Sprüchlein, das gar leicht über die klugen Lippen ging, aber nie tiefer gedrungen war? Ihr Mann, ja, der hatte es gelebt, gefühlt, getan – und darin lag sein Manneswert. Aber sie – ? Und ob sie wohl auch noch das Verstehen predigte, wenn Hildberg jetzt mit seinen Gedanken frei vor sie hinträte?

Eine gelinde Verachtung, die er zu verscheuchen suchte, wandelte ihn an und verstrickte ihn tiefer in sein Sinnen. Er überhörte darob fast ganz die weitere Erzählung der Bäuerin von der Vergrößerung des Besitzes, von der Entwässerung der Felder, die soviel gekostet, aber dann auch so gut gelohnt hätte, und von andrem mehr, und erst, als sie von den Studien ihres Sohnes sprach und meinte, der Bauer müßte, wie jeder andere Mensch, mit den Fortschritten der Zeit gehen, wenn er gut bestehen wolle, horchte er wieder auf und gab ihr Beifall.

Die Bäuerin hatte geendet, und alle schwiegen. Hildberg gedachte zu gehen. Er mußte allein sein mit seinem stürmenden Innern; denn seit er die Geschichte des Brunnbergbauern kannte, schien er sich selber unentschlossener und weiter vom Ziel entfernt als je.

Er erhob sich, um zu gehen; aber draußen tobten Wind und Wetter wüster, und die Finsternis war so dick, daß an einen Heimweg nicht zu denken war und die Bäuerin Hildberg bat, auf dem Hof zu übernachten. Man werde ihn morgens zeitig wecken und ins Dorf hinabfahren, damit er nicht die Frühmesse versäume, sagte sie.

Er blieb, und man schickte sich an, zur Ruhe zu gehen. Indem aber die Frau ein Kerzenlicht holen ging und es anzündete, nahm Hildberg das Bildnis des Brunnbergbauers von der Wand herab und besah es. Die großen graublauen Augen zeigten den stillen steten Blick des ruhig unternehmenden Mannes, Schweigsamkeit und einen gewissen Trotz die geschlossenen Lippen. In den kaum merklich herabgezogenen Mundwinkeln lag eine leise Verachtung der Menschen, indes kein Hohn oder Spott. Ein wohlgeformtes Kinn, die mittelstarke gerade Nase und die vollausgegossene Stirn ergaben mit dem übrigen das Bild eines Mannes, der seinen Willen hatte und seinen Weg ohne Beirrung ging. Hildberg schloß einen Augenblick die Augen; das Bild haftete deutlich in ihm.

Und wieder fiel ihm die große Ähnlichkeit mit Lina auf.

»Es ist ein gutes Bild«, sagte die Bäuerin herzutretend, »und ich bin froh, daß wir's haben malen lassen. Mein Mann ist ein paar Monate darauf gestorben. Der Maler war ein guter, braver Mensch, aber arm; er hat sich später das Leben genommen, weil's ihm am Nötigsten gefehlt hat. Vorher hat er noch genau die Leichenkosten ausgerechnet und erfragt, und daß er ja keinen Pfennig Schulden hat mit ins Grab nehmen müssen, das Geld bei seinem Tod bereitgelegt« ...

Einige andre Bilder hingen noch an den Wänden, von Großvätern und -müttern, den Kleidungen nach, und unter einem Spiegel, im Viereck geordnet, eine Menge verblaßter Photographien. Einen ganzen Wandpfeiler nahm das hohe kastenartige Gehäuse einer alten Schwarzwälderuhr ein. Sie stand, so oft Hildberg auf den Hof kam, immer still, als wollte sie der neuen Zeit ihren Dienst nimmer tun und wäre vor langen Jahren mit der alten in den Ruhestand getreten. Heute zog die Frau sie auf, des Pfarrers wegen, der ihr Geheimnis noch nicht kannte, stellte die Zeiger auf zehn und schob dann das mannslange Pendel an. Da begann sie kurz zu schnurren, und seltsam geisterhaft und alt erklang die Weise eines Volksliedes; tief heiser, wie verstaubt, spielten die Bässe; einige höhere Pfeifen waren verstimmt und wimmerten kläglich. Sie sei – sagte die Bäuerin, während das Lied herabging – das Erbstück einer Großmutter väterlicherseits, deren liebstes Hochzeitsgeschenk sie voreinst gewesen, weil sie von einem bevorzugten Liebhaber stammte, einem Musikanten und Orgelbauer, der die Ahne nicht hatte heiraten dürfen...

Das wirkte alles so seltsam auf Hildberg ein, seit er die Geschichte des Brunnbergers gehört hatte! Wie im Traume folgte er den Frauen, die ihn noch durch alle Räume des Erdgeschosses führten, bevor sie in den ersten Stock stiegen, wo die übrigen Zimmer der Familie lagen. Man zeigte ihm, wie einem Brautwerber, auch hier alles, nicht ausgenommen die beiden Kammern

Emiliens und Linas mit ihrer Ordnung und sauberen Einfachheit. Hier wünschten ihm die beiden gute Nacht, drückten ihm die Hand, die er ihnen hinstreckte, und verschwanden; die Mutter führte ihn in das Gastzimmer, legte dort einiges Nötige für ihn bereit, zündete ihm eine frische Kerze an und »Gutnacht, Hochwürden!« sagte sie und ließ ihn allein.

Und es schien ihm gut, daß er allein war. Aber es wäre ihm unmöglich gewesen, sich schon niederzulegen, und er beschloß, wach zu bleiben und sich mit seinen Gedanken auseinanderzusetzen, die ihm doch, wie er vorausfühlte, keine Ruhe lassen würden.

Auseinandersetzen: Ja, das war's! Aber hatte er das nicht schon ein halbes Jahr lang zur Genüge getan, ohne vom Fleck zu kommen? Ja, wenn er ein entschlossener Mann wäre...! Da schlüge er sich auf die Seite der besseren Einsicht! Allein das seelische Erbe, diese böse quälende Mitgift seiner frommen unentschlossenen Mutter! Dieses Zagen, dieses Schwanken, diese Rücksicht auf Lebende und –

Er hielt seinen Gedanken einen Augenblick an, als scheute er sich, ihn zu Ende zu denken – »und auf Verstorbene!« dachte er weiter. Ja, auch über das Grab hinaus wirkte seine Mutter noch auf ihn. Das war's, das hinderte ihn an der Entscheidung...!

Er trat ans Fenster, das die Bäuerin zugedrückt hatte, und öffnete es. Draußen ging laut und rauschend der Sturm; welke Blätter tanzten im Lichtschein gespenstisch gegen das Fenster; dick und undurchsichtig stand das Dunkel.

Langsam trat er wieder zurück und setzte sich auf

das Bett. An der Wand erschien sein Schatten und streckte sich groß und drohend an der Zimmerdecke über ihn hin. Dann fielen ihn seine Gedanken wieder an.

Wie erbärmlich von ihm, daß er seiner Mutter die Schuld an seinen Kämpfen zuschob! Wie sie nimmer für sein leibliches Fortkommen sorgte, so gingen sie auch seine seelischen Sorgen nichts an. Ob er die überwand oder ob er an ihnen zugrunde ging – das einzig war die Frage, der Ausgang also lag in seiner Hand ...

Aber es stand ihm zuviel entgegen: Das Versprechen, das er seiner Mutter gegeben; die Meinung und Rede seiner Verwandten, wenn er zurückträte; vor allem der Grund zu seiner Wortbrüchigkeit: die Schwäche, wegen eines Weibes den eingeschlagenen Weg zu verlassen! Und am Ende... – wer wußte, ob ihn Lina auch nur wählen würde ... ?

Eines Mädchens wegen alles! Nicht einmal aus eignem Antrieb ... !

Je mehr er sich aber in solche Gedanken hineinwühlte, um so unentschlossener kam er sich vor und um so erbärmlicher vor dem Geiste des Brunnbergbauern, unter dessen Dach er wohnte. Und er löschte schließlich das Licht, um sich selber nimmer zu sehen. Angekleidet streckte er sich auf das Bett hin, in der Hoffnung, schlafend seinen Gedanken zu entkommen. Allein wenn er zuweilen auch ein wenig einnickte, so blieb er doch immer halbwach; und aufgeregte Träume spielten mit ihm so lebhaft, daß er nicht zu träumen, sondern alles mit Händen zu greifen und bei allem mitzuspielen glaubte.

Er stand oben beim Kruzifix auf der Höhe des Weges und sah auf eine baufällige Hütte in der Wiesensenkung hinab. Dort ging sein Bruder Bernhard mit Lina umher und maß die Steine und Balken, die immer wieder unter seiner beschwörend ausgestreckten Hand aus der Erde wuchsen. Soviel er sah, sprach keins ein Wort zum andern. Lina hatte einen ganz merkwürdigen Ausdruck, gewann aber durch ihre Seltsamkeit und die schweigende Hilfe, die sie Emil leistete, immer mehr das Interesse des untätig Zuschauenden, so daß er schließlich zu den beiden hinabstieg, um mit ihnen zu reden. Da bewegte sich auch das Kruzifix mit, und als Hildberg bei den beiden ankam, die ihm keine Achtung schenkten, so daß er vor erwachendem Ingrimm sich kaum mehr halten zu können meinte und eifersüchtig auf den bevorzugten Bruder zu schauen begann, da belebte sich der Heiland am Kreuze, griff mit dem rechten Arm herab, hielt den Zornigen zurück und sagte: »Was neidest du deinem Bruder? Geh hin und tue desgleichen. Siehe, wer dem Leben diente, wird über das Leben Herr sein, also daß es ihm dienen muß!« In diesem Augenblick setzte Lina sich einen Kranz brennendroter Rosen aufs blonde Haar, sah den schweigenden Baumeister verheißenden Blickes an und sang die wehmütig glühende Weise eines Liedes so ergreifend, daß der Schweigsame endlich entzückt aufhorchte und ihr die Hand hinstreckte. Indem aber der andre wild aufbrausend dreinfahren wollte, versank plötzlich alles: Hütte, Menschen und Kreuz, und durch die ausgebreitete Finsternis tönte nur die Melodie des Liedes noch fort. – Hildberg erwachte langsam, und

indem er sich zurechtsuchte, wo er wäre, aber nur un-
durchdringliche Nacht um sich sah, erklang unter ihm
gedämpften Tons die Weise:

Da drunten im Tal, da geht's Wasser so trüb,
Und i kann dir's nit hehlen, i hab' dich so lieb.

Da entsann er sich wieder, wo er war, und auch des
eben durchlebten Traumes, dem er nun in allen Teilen
nachging, abergläubisch, als könnte er sich aus seinen
Bildern sein Schicksal lesen oder sich Mut daraus schöpfen. Es fiel ihm alles wieder deutlich ein, nur die Worte
des Heilandes wollten nicht wiederkommen, so sehr er
ihnen nachsann. Aber es schien ihm ein Wink des
Schicksals, der ihn in dieses Haus geführt hatte, unter
ein Dach mit dem geliebten Wesen, um das er seinen
ganzen Kampf aufgenommen hatte; auch die Geschichte des Brunnbergers deutete er dahin und fand
in dem zufälligen Zusammentreffen dieser Dinge einen Grund zur Beruhigung und zur Hoffnung auf eine
endliche gute Lösung. Mit dieser Einlullung seines
eben noch so aufgeregten Innern stellte sich langsam
der Schlaf wieder ein, doch traten gleich auch die Gedanken in seinen Träumen auf und schlugen da ihre
wilden Schlachten weiter, bald in klaren und vernünf-
tigen Vorgängen, dann wieder in seltsam unsinniger
Reihenfolge und in Bildern, die einmal höhnend auf
seine Vergangenheit wiesen, dann wieder eine Zukunft
voll Glück zeigten, die er, weil sie sein Wunsch war,
auch für recht und gerecht erachtete, wenn anders noch
Gerechtigkeit auf dieser Erde war. – So sah er öfters
den Brunnbergbauer, der ihn einmal ermutigte, ein

andermal durch höhnische Worte oder auch durch eisige Verachtung, die ihn am tiefsten verletzte, seine Unentschlossenheit tadelte. Auch die Bäuerin erschien ihm mit Lina einigemal. Sie machte immer eine kluge zufriedene Miene, und wenn Hildberg sie ansah, fragend, was sie wohl zu seinen Absichten sagen möchte, sah sie immer selbstgefälliger, immer klüger und zufriedener drein, auch immer feiner berechnend, worob sich schließlich in ihm ein Widerwille gegen sie regte. Einmal gar schob sie ihm die scheu schweigende Lina hin mit den Worten: »Sich nicht beirren lassen ist alles, hat mein Mann gesagt; man muß die Menschen nur verstehen!« Und dabei nahm ihr Gesicht einen kupplerischen Ausdruck an. Aber als Hildberg Lina die Hand gab, stand plötzlich zwischen den beiden der Brunnbergbauer und sagte: Du willst dir ein neues Haus bauen, wie dir's die Weiber raten; aber nur dein eigener Wille hat Gotteskraft. Da fiel Hildberg die Hand kraftlos herab; die Bäuerin machte ein überkluges genügsames Gesicht, rieb sich die Hände, streckte sie ihm dann beide hin, indem sie sich im Tanze zu einer fernher tönenden Melodie zu drehen begann und schließlich die andern alle in einen wunderlichen Reigen hineinzog und so toll und wild mit ihnen herumwirbelte, daß der des Tanzens unkundige Hildberg schließlich schwindlig und todmüde niederfiel, worauf sich der Reigen langsam unter den ersterbenden Tönen der Musik auflöste und verschwand. – Dann erwachte Hildberg, stand rasch vom Bette auf, reckte sich, da er sich ganz gerädert fühlte, und trat dann aufatmend unter das geöffnete Fenster.

Der Sturm hatte sich gelegt, und am reingefegten Himmel standen die glitzernden Sterne und der Mond schon tief im Niedergang. In der Stille der Nacht plätscherten die beiden Brunnen; manchmal rasselte an der Krippe ein Stück Vieh, oder der Hund schlug an.

Ein leises Geräusch aus dem an das seinige stoßenden Zimmer ließ Hildberg aufhorchen. Es schien sich jemand unruhig im Bett zu wälzen; ein Seufzen wie im Schlaf wurde hörbar; dann war's wieder ganz still. Es mußte, stellte er sich die Einteilung des Hauses vor, aus Linas Zimmer stammen. Wand an Wand also hatte er mit ihr geruht! Ob sie sich wohl auch um seinetwillen quälte und keine Ruhe fand?

Er beschloß hinauszugehen und einen Gang durch die Umgebung des Hofes zu machen. Leise öffnete er die Tür und schlich auf den Zehen hinaus, durch das Prunkzimmer, an dessen Wänden der Mondschein lag, dann die Treppe hinab und am Hund vorbei, der sich nach leisem Knurren schnell beruhigte, in den Hof hinaus, wo die Gebäude gewaltige Schatten auf Garten und nahe Felder legten. Auf durchweichtem Wege schritt er unter den tropfenden Obstbäumen hin, in die Wiesen hinaus, in der Richtung des Waldes, der gegen Osten wie eine Mauer stand. Er gedachte, einen weiten Gang zu machen, um auf Umwegen, wenn der Tag anbräche, wieder auf den Hof zu kommen.

Das Land war wundersam still ringsum. Wie helle Würfel lagen die Häuser der umliegenden Dörfer im Mondschein da; einige Fenster glänzten wie Perlmutter herüber; auf einem Kirchturm schlug dumpf die vierte Stunde der Frühe...

Als Hildberg nach langem Gang wieder auf Höhe des Weges beim Kruzifix ankam, fühlte er sich frei und leicht; der Kampf war entschieden. Und doch gab ihm der Anblick des Heilands noch Kraft: Wie dieser seinen Weg gegangen, ohne zuvor jemand darum zu fragen, und wie er ihn bei aller Gefahr mutig beschritten hatte, so dachte auch Hildberg den seinen zu gehen ...

Er ging langsam durch die Reihe der jetzt fast entlaubten Bäume auf den Hof hinab. Dort fand er das Leben schon wach. Emilie stand im Garten, um das gefallene Laub zusammenzurechen. Sie grüßte den Pfarrer zuerst. »Gelobt sei Jesus Christ!« sagte sie, worauf Hildberg ihr die Hand gab mit den Worten: »In Ewigkeit, Amen!« Darauf wandte er sich schweigend dem Wohnhaus zu. Emilie aber hatte einen sonderbaren Klang aus seinem Gruß gehört.

An der Tür traf er auf die Brunnbergbäuerin, hinter welcher Lina stand. Beide begrüßten ihn wie üblich, und die Frau fragte verwundert, wo er so früh schon gewesen sei.

Er sah sie frei und ernst an und schwieg zuerst ein wenig; dann sagte er lächelnd:

»Ich habe meine Frühmesse gelesen.«

Die Bäuerin machte ein Gesicht, das Hildberg schon wo gesehen hatte. »Die Frühmesse?« fragte sie ungläubig.

»Die Frühmesse meines neuen Lebens«, erwiderte Hildberg.

Die beiden suchten zu lächeln, und die Bäuerin machte ihr klügstes Gesicht, über das sie verfügte. Da griff Hildberg plötzlich an seinen Hut, lüftete ihn, gab den beiden die Hand und wünschte ihnen Lebewohl.

Seit dem Tag war er aus der Gegend verschwunden, und man hat nie mehr dort von ihm gehört...

Hartes Holz

Als Bernhard seine Kammer verließ, lag der Waldhof noch still in der Dunkelheit der langsam weichenden Nacht da; kaum die Dächer seiner zwei Häuser hoben sich gegen den Himmel ab. Nur aus dem kleinen Fenster der Waschküche fiel ein matter Lichtschein; dort hantierte Kathrine, die halb blödsinnige und übelhörige Schwester Bernhards, die das Feuer unter dem Kessel schürte, um heißes Wasser bereit zu haben für das Brühen des Schweins und zum Kochen der Würste. Denn man schlachtete heut auf dem Waldhof und begann schon in aller Morgenfrühe, damit man den Tag für andre Arbeit freibekam.

Auf dem Flur traf Bernhard seinen alten Vater, der langsam mit einer Laterne vor ihm her aus dem Hause trat. Sie sprachen keine Silbe zueinander, und wenn es nach beider Stimmung gegangen und nur der kleinste Grund vorgekommen wäre, so hätten mürrische oder gar zornige Scheltworte, wie schon oft, den Morgengruß abgegeben. Aber jeder ging stumm seines Weges: der Alte nach der Waschküche, Bernhard nach dem Stalle, wo bereits sein Bruder Hans bei trübem Laternenschein in der heißen dicken Stalluft die Kühe melkte.

Vor dem Stalle blieb er stehen und sah dem dahinschlurfenden Vater nach, der gerade mit seiner Laterne um die Hausecke bog.

»Zähes Holz, altes!« kam ihm's knirschend zwischen den Zähnen hervor, und grimmig schaute er noch einige Augenblicke nach der Hausecke, als erwarte er, der Alte käme wieder zurück und ihm zwischen die Finger; er hätte ihn wie altes Holz zerbrechen mögen. Doch strich nur der wankende Schatten am Gartenhag hin und verschwand dann.

Sie liebten einander nicht, Vater und Söhne, und schwarze Gedanken gingen hier stündlich in den Seelen der Söhne um und verstanden einander, obwohl sie nie voreinander laut wurden. Dachte Bernhard morgens: »Er will nicht sterben, der zähe Filz!« und knirschte er ohnmächtig dazu, so meinte abends Hans bei sich, wenn er den Vater zu Bett gehen sah: »Er lebt zu lang, der Alte, und ist doch so überflüssig wie ein Kropf!« Aber ihr schlimmes Denken tat dem Manne nichts an, und wo es sich einmal in bösen und drohenden Worten Luft machte, wirkte es wie eine Beize auf den Alten und machte ihn nur widerstandsfähiger.

Bernhard hatte auch heute den Tag mit einem düsteren Wunsch begrüßt, und der stand nun vor ihm, und sie sahen einander in die Augen, und der Wunsch redete weiter, und Bernhard horchte stumm und finster zu, nach dem Wald hinsehend, der im Morgendämmer wie eine dunkle Mauer unter streichenden Novemberwolken stand. Ein heller Stern, immer derselbe, blitzte zuweilen durch; aber immer verschwand er auch rasch wieder, und nur der schwarze Gedanke blieb treu bei Bernhard.

»Wer wüßte es? Wer könnte was beweisen?« dachte er. »Und was zehrt der alte Schwamm an unserm Holz?«

Es rang in ihm nach einem Entschluß; er stand auf

Nacht

der Schwelle zur Tat. Nur wie er die Spuren verwischte, blieb ihm noch unklar.

Er schritt vor bis an die Hausecke. Der Alte rollte gerade mühsam einen großen Brühzuber aus der Waschküche und trieb dann mit einer Axt einen Pfahl in die Erde, an welchem das Schwein zum Totschlagen angebunden würde. Dann ging er in die Waschküche zurück und fischte sich einige Kartoffeln aus dem strudelnden Wasser, schälte eine und schlang sie in den nüchternen Magen hinab; die anderen sollten dem Tier vorgeworfen werden als Henkermahl...

Bernhard fand es jetzt an der Zeit, die Sau aus dem Koben zu holen, und bald kam diese unter durchdringendem Gequieke daher, einen Strick am Hinterbein und von Bernhard mit Fußtritten vorwärtsgetrieben. Der Bauer band sie an den Pfahl fest, und der Alte warf ihr die dampfenden Kartoffeln vor, worauf das Tier sofort verstummte und gierig zu fressen begann. Schweigend erhob Bernhard die Axt, schwang sie, und gleich darauf fiel das Tier unter leisem zuckendem Grunzen auf die Seite.

Die blöde Kathrine war unterdessen herbeigewatschelt, hatte die Laterne auf den Boden gestellt und stand mit der Pfanne bereit, das Blut des Tieres aufzufangen. Bernhard führte ihm mit einem langen Metzgermesser den Stoß ins Herz; dann kniete er auf das Tier, hob und senkte dessen Vorderbein wie einen Pumpenschwengel und trieb so das dunkle Blut in die Pfanne, worin es Kathrine stumm und eifrig umrührte. Hans brachte unterdessen eine Kanne Milch, Würzen und einiges Gerät, das er zum Schlachten brauchte; er trug es in die Küche auf den Hackblock und kam dann wieder heraus, um mit Hilfe seines Bruders das tote Schwein in den Brühzuber zu heben. Der Alte wurde weggeschickt, mit Kathrine das heiße Wasser herbeizuschaffen, und als die dichten Dampfwolken dem Zuber entstiegen, machten sich Bernhard und der Alte sogleich daran, das Tier zu schaben, während die beiden anderen in die Waschküche gingen, dort das Nötigste bereitzumachen.

All das geschah, wie die meiste Arbeit auf dem Waldhof, ohne daß man auch nur ein Wort dabei sprach.

Tief in den Zuber über das Schwein gebeugt, die Köpfe ganz in den heißen Dampf gehüllt, schabten es die beiden. Da aber dem Alten die Arbeit etwas langsam von der Hand ging, fuhr ihn der Sohn hart an. Er solle nicht so säumig lümmeln; die Arbeit müsse fertig werden! sagte er. Wozu er denn da sei, wenn er nichts tun wolle?

Der Alte murrte und sah ihn an. »Wenn dir's so nit behagt – sagte er – so bleib' ich ganz weg; ich leb, gottlob, nit von deiner Gnad'!«

»Und ich sag Euch: Faulenzer und Schmarotzer gibt's nit auf dem Waldhof, meint Ihr gleich auch, Ihr könntet's probieren!« fuhr Bernhard auf.

Der Alte legte das Messer weg und schickte sich an, wegzugehen.

»Ihr bleibt!« herrschte ihn der Sohn an. Jener aber hörte nicht darauf und schlurfte davon. Da packte ihn Bernhard am Rockkragen und an der Brust, stellte ihn mit einem Ruck wie einen Holzstock vor den Zuber und drückte ihn, der sich störrisch dawiderstemmte, über den Rand desselben. »Da schabt!« sagte er wild, »wollt Ihr oder wollt Ihr nicht?«

Indem er ihn aber so nach vorne drückte, klappte der Alte plötzlich zusammen, verlor das Gleichgewicht und fiel mit dem Kopf in das brühende Wasser. Ein Schrei und ein zappliges Umsichgreifen mit den Händen, als wolle er sich wo halten – aber da war schon in dem Sohn der Entschluß zur Tat gereift: Mit eisernem Griff hielt er ihm den Kopf unter Wasser, bis der Mann nach einigen Zuckungen verbrüht und erstickt, einem Sacke gleich über den Rand des Zubers hing...

Dann eilte er rasch ins Haus, von wo er mit einer Schürze zurückkam.

»Hans!« rief er, an das Waschküchenfenster klopfend – »Hans, komm doch schnell heraus!«

»Was hast du?« fragte der heraustretend.

»Ein Unglück! Schau her!« sagte Bernhard. »Dieweil ich wegen einer Schürze ins Haus hineinlaufe, muß er in den Zuber hineingefallen sein und sich verbrüht haben.«

Hans sah den Bruder an, stumm, aber mit einem Blick, der verriet, daß er ihn durchschaue. Doch drückte er seinen Verdacht hinab und fragte nur: »Ist er denn tot?«

»Schau hin!« entgegnete Bernhard; »ich kann's nicht; ich mag keinen Toten anrühren!«

Hans trat langsam, fast scheu, an den Zuber heran, faßte mit der Rechten seinen Vater hinten am Kittel und zog ihn heraus, zögernd und forschend, ob er etwa noch ein Lebenszeichen gäbe. Aber der Alte war stumm, und der Kopf mit dem verbrühten Gesicht fiel haltlos im Hals nach vorn.

»Er ist tot!« sagte er tonlos, indem er ihn wieder über den Zuberrand fallen ließ. »Was machen wir jetzt?«

Bernhard zuckte die Achseln. »Ich denke« – meinte er dann – »es muß nachher einer in die Stadt fahren und es dem Gericht melden. Derweil müssen wir alles liegen lassen, wie es ist, damit die Behörden sehen, wie es hergegangen ist.«

»Aber das Tier?« fragte Hans. »Wir können die Arbeit jetzt doch nicht im Stich lassen?«

Das sah der andre ein. Er schritt heran, und die beiden Brüder nahmen den Toten weg, legten ihn auf die Erde abseits und bedeckten ihm den Kopf mit einer Schürze.

Dann ging die Arbeit weiter, schweigend, wie immer auf dem Waldhof. Nur Kathrine ließ sich nimmer dazu bewegen. Sie setzte sich neben den toten Vater, faltete ihm die Hände und lüftete zuweilen das Tuch auf seinem Kopf wieder, um ihn anzuschauen. Dabei sah sie stumm und stumpf darein, aber doch von Trauer so bewegt, als es ihr blödes Gesicht eben auszudrücken vermochte.

Eine seltene Begegnung

Es dämmerte schon schwer, und gerade flammten die Bogenlaternen auf, alle auf einen Schlag, als ich einsam durch die Vorstadt nach Hause wanderte, müde von einem weiten Spaziergang und voll Sehnsucht auszuruhen. Da trat an einer Straßenecke ein vornehmer Herr auf mich zu und fragte mich nach dem Weg zum Hotel »Kaiserhof«. Weil ich selber in jener Richtung zu gehen hatte, lud ich ihn ein, mich zu begleiten, und in der kurzen Viertelstunde, die wir nebeneinander hergingen, lernte ich ihn als einen weitgereisten, weltgewandten Mann kennen, ohne indes, daß er dies irgend absichtlich zur Schau trug. Am »Kaiserhof« angekommen, verabschiedete er sich und übergab mir unter höflichem Dank seine Karte mit der freundlichen Einladung zugleich, ihn bei Gelegenheit zu besuchen, er halte sich – sagte er – in Familiensachen einige Tage hier auf. Ich überreichte ihm gleichfalls meine Karte, sagte ihm einige verbindliche Worte und empfahl mich. Statt indes heimzugehen, besuchte ich noch ein Kaffeehaus nach dem andern in einer seltsamen Unruhe, die mich plötzlich befallen und deren Ursache ich mir nicht erklären konnte, und kam schließlich erst gegen Mitternacht heim mit ödem Hirn und unzufrieden mit dem Tage. Beim Schlafengehen fiel mir mit einemmal der fremde Herr wieder ein, und eine törichte Neugier trieb mich, seine Karte zu lesen. Warum nur? Was ging mich ein gleichgültiger Fremder an? Aber ich suchte sie hervor und sah nach dem Namen:

Dr. Ahasver, genannt der ewige Jude.

Ich wurde ärgerlich, denn zweifellos hatte ich's mit einem Schwindler zu tun, der mich für meine Gefälligkeit noch foppen wollte; wenn aber nicht, dann mit einem Verrückten. Doch unterdrückte ich schnell meinen Unwillen, um mir wenigstens nicht den Schlaf dadurch zu verderben, und legte mich nieder, mit abgestelltem Denken; allein die Maschine kam plötzlich wieder in Gang, ohne daß ich's verhindern konnte, und begann zu surren und zu arbeiten wie ein ganzer Fabrikssaal, so daß ich gerne dem schrecklichen Getöse entronnen wäre, hätte ich's nur vermocht. Weil ich aber wußte, daß uns in liegender Stellung, insbesondere nachts, die Gedanken oft zahlreicher anfallen als beim Gehen, erhob ich mich und lief im Zimmer auf und ab, ohne Erfolg jedoch; denn der Name Ahasver hatte in mir Stürme und Erregungen aufgerufen, die mich Jahrhunderte und Völkerschicksale in Minuten durchleben ließen und mir jene große menschliche hoffnungsvolle Stimmung gaben, in der uns nichts mehr undenkbar noch unmöglich und das Leben einen Wert nur zu haben scheint, wenn es das Höchste wagt und vollbringt und an immer höhere Menschenmöglichkeiten glauben lernt: Empfindungen, die mir eine Begegnung selbst in dem ewigen Wanderer Ahasver noch denkbar, Zweifelsucht aber und Verneinung und unschöpferisches Nörgeln zur Sünde der Menschheit machten.

Ich verbrachte die Nacht ohne Schlaf und fand Ruhe nur einige Stunden in den wachsenden Tag hinein; aber keine Erholung folgte ihr, und ich büßte die ge-

Der ewige Jude

fühlten Erlebnisse mit bleischwerer Erschöpftheit. Ja, als ich gegen Mittag nach dem »Kaiserhof« ging, um Ahasver zu besuchen, geschah es nicht so sehr mit Drang und Willen, als nur um die mächtigen Empfindungen der vergangenen Nacht nicht ganz zu verleumden.

Ahasver erkannte mich gleich beim Eintreten wieder, kam auf mich zu und lud mich zum Frühstücke ein, freundlich und mit einfacher Natürlichkeit, so daß meine Meinung von ihm als einem Schwindler oder Verrückten sogleich wich. Der Kellner brachte eine Flasche Rheinwein und einige leichte Gerichte; und ungezwungen kam dabei ein Gespräch in Fluß. Zum voraus aber die Bemerkung, daß ich meine Erwartung, die ich vorher künstlich noch etwas hochgeschroben, ein wenig getäuscht sah. Das war durchaus kein uralter, verwitterter Jude, noch begann er sogleich, wie ich in meiner Seele eigentlich gehofft, über Philosophie und ungelöste Welträtsel zu sprechen. Ein etwa fünfunddreißigjähriger Weltmann saß da vor mir, der leichthin über die alltäglichsten Dinge plauderte: über den Straßenverkehr in unserer Stadt, so weit er die seit seinem kurzen Aufenthalt kannte, über den Reichstag und seine neuesten Verhandlungen, über Russen und Franzosen und ähnliche Dinge mehr, die er indes alle rasch abtat – wie mir dünkte als ziemlich unbedeutend. Dabei verwirrte mich immer das feine Lächeln, das jeweils um seine Lippen lief, so oft ich ihn mit »Herr Doktor« ansprach, und endlich bat er mich, diesen Titel nimmer zu gebrauchen, da er ihn nicht besäße noch überhaupt einen andern, außer dem des ewigen Juden,

den ihm auch nur die Deutschen in ihrer Titelsucht aufgehängt hätten. Er bediene sich solcher zwar, doch nur, um andern den Umgang mit ihm zu erleichtern oder gar zu ermöglichen, weil die oft den Menschen nur noch in seinem Titel gelten ließen. »Und« – setzte er hinzu – »verzeihen Sie, daß ich Sie gestern abend auch daraufhin anschaute; da ich Sie jetzt aber als Menschen erkenne, bitte ich Sie, auch mich als solchen zu behandeln und jeden Titel, auch den des ewigen Juden, zu vermeiden.«

»Gern!« erwiderte ich. »Aber Sie sind doch – der ewige Jude?«

»Ahasver, meinen Sie? Ja, gewiß!«

»Und nicht Jude?« fragte ich.

»Dazu, wie gesagt, haben mich erst die Deutschen gemacht.«

»Warum wollen Sie denn nicht Jude sein? Fürchten Sie sich vor den Antisemiten? Oder sind Sie gar selber einer?«

»Nicht im geringsten, mein Herr. Sehen Sie mich doch nur an, ob ich Grund habe, den Juden in mir zu verleugnen!«

»Sie haben«, meinte ich, »viele Züge eines Griechen; Kinn und Backenknochen aber wollen mir eines Römers scheinen.«

»Meine Ahnen waren Griechen; erst meine Mutter brachte römisches Blut in unser Geschlecht.«

»Allein – Ihr Name, mein Herr? Ist der nicht – ?«

»Den hat mir die Sage gegeben; und weil sie mich für einen Juden ausgab und meinen richtigen Namen nicht kannte, taufte sie mich jüdisch. Schließlich gewöhnte ich mich daran und behielt den Namen.«

»Sie waren aber bei der Kreuzigung Christi zugegen?«

»Nicht doch, mein Herr. Nur auf seinem Kreuzweg habe ich den Nazarener gesehen. Ich kam gerade von einem Bacchanal, da begegnete mir der Zug.«

»Und da verweigerten Sie dem Heiland die Ruhe, um die er Sie bat? Er wollte sich doch auf die Bank vor Ihrem Hause setzen?«

»Das ist Legende. Der Nazarener sprach mich an, allein bevor ich antworten konnte, mußte ich mich abwenden, da ich sein leidendes Gesicht und seine todessüchtigen Mienen nicht ertragen konnte.«

»Sah er sehr leidend aus?«

»Ich hatte nie Ähnliches gesehen. Drum war mir's so ungewohnt und erschütterte mich so, daß ich fürchtete, sein Anhänger werden zu müssen, aus Schmerz und Mitleid mit ihm und aus Zorn und Rache gegen seine Peiniger.«

»Warum wollten Sie das nicht? Wäre es Ihnen denn so schwergefallen?«

»Können Sie in einem Augenblick einen Tempel auf den Grund niederreißen und im selben Augenblick wieder anders aufbauen? Dazu hat sich selbst euer Heiland drei Tage auserbeten.«

»Aber viele andere traten doch auch über?«

Ahasver zuckte die Achseln. »Die waren«, sagte er, »wohl seit langem dazu vorgeartet und erfüllten nur ihre Bestimmung. Was aber sagten Sie dazu, wenn ich von Ihnen verlangte, aus einem Künstler und freien Menschen ein Bureausasse oder eine Beamtennummer zu werden, und das mit Leib und Seele, mein Herr, wie ich auch alles immer mit Leib und Seele war?«

Da ich schwieg und nichts einzuwenden wußte, fuhr er fort:

»Eine Ahne von mir soll den Alkibiades geliebt und einen Sohn mit ihm gehabt haben. Und eine Ader von diesem Mann hat immer in mir geschlagen. Nach einem Leben voll Reichtum, Pracht und Kunst, voll Schaffens- und Genußfreude hätte ich nun miteins ein Entsager und Dulder werden und unter lauter dürftigen Menschen verkehren sollen? Das verlangten damals nur wenige im Staate; und gegen diese stand die Polizei...«

»Sie wandten sich also weg, und darauf verfluchte Sie der Heiland, wie die Sage berichtet.«

»Ja, er verfluchte mich!«

»Nie zu sterben und ewig auf Erden zu wandern?«

»Ewig zu wandern, ja!«

»Hat sich der Fluch erfüllt?«

»Wie Sie sehen, mein Herr, glücklicherweise!«

»Fühlten Sie den Fluch sogleich wirken?«

»Ich glaube, ja!«

»Und wie denn?«

»Ich empfand eine seltsame Stärkung und ein Wohlgefühl, wie es nur der kennt, der nach schweren Schicksalsschlägen sich stolz wieder erhebt mit dem Bewußtsein, nun erst recht weiterzuleben und nicht zu unterliegen.«

»Also nicht Angst, nicht Schrecken, noch die furchtbare Aussicht auf ewige Qual?«

»Ganz das Gegenteil!«

Erstaunt über das Vernommene und voll Bewunderung dieses Mannes schwieg ich einige Zeit; dann trieb mich wieder die Wißbegierde, und ich fragte weiter:

»Sie sagten vorhin, der Fluch habe sich erfüllt, und fügten hinzu: glücklicherweise!«

»Nun ja, ich sagte Ihnen doch, wie das Wort des Nazareners auf mich wirkte: Beglückend – möchte ich sagen – im höchsten Sinne des Wortes. Nun war mir mit einem Male die Aussicht und die Möglichkeit gegeben, alles noch ungeschehene Menschentun zu sehen, zu erleben, mitzuempfinden, mitzutun! War das nicht ein Glück? Nicht das Leben selber? Oder was verstehen Sie denn anders unter Leben?«

»Was sollte dann also der Fluch? Der Heiland wollte Sie doch strafen, wenn ich recht verstehe.«

»Die Sage sagt es, und die könnte es wissen«, entgegnete Ahasver mit feinem Lächeln. »Für den Nazarener, dem das Leben eine Last, der Tod eine Lust, eine Erlösung, der Eingang in die ewige Seligkeit war, mußte das ewige Leben auf dieser Erde, wozu er mich verfluchte, die schrecklichste Qual, die schwerste Strafe bedeuten. Mir aber, der das Leben immer liebte, mußte seine Ewigsprechung das Glück selber sein und die Erfüllung meiner tiefsten Wünsche und geheimsten Hoffnungen.«

»So hätte also der Heiland mit Ihrer Verfluchung zum ewigen Leben nur Gutes geschaffen?«

»Für mich gewiß! Freilich auf dem Weg der Selbsttäuschung und ohne es im letzten Grunde zu wollen. Darin gleicht er – gleichfalls wider Willen – einem andern Geiste – «

»Ich verstehe Sie...«

»Doch muß ich ihm gerecht werden und gestehen: Er hat immer nur das Gute gewollt.«

Und dabei lächelte Ahasver.

»Eine Frage noch: Dürfen Sie auch heiraten, will sagen: das Weib lieben und Kinder zeugen?«

Ahasver wurde heiter. »Wie können Sie nur fragen? Das gehört doch alles zum Leben, und zum Leben bin ich ja verflucht – Verzeihung, ich wollte sagen: gesegnet!«

NACHWORT

Einige Zeit trieben sie das
Spiel mit Eifer so weiter,
indem immer eins die Andern auf
sein eigen Schiff aufmerksam machte,
soweit es ihm gelang.

Heinrich Ernst Kromer

1898, in dem Jahr, in dem Theodor Fontane starb und in dem Henry James' Roman *The Turn of the Screw* sowie Friedrich Nietzsches *Sprüche und Gedichte* erschienen, brachte Heinrich Ernst Kromer sein erstes Prosabuch heraus. Der schmale Band mit dem Titel *Die Mittendurcher*, der neun Novellen und erzählerische Skizzen versammelte, wurde von dem kleinen Hamburger Verlag Leckband Nachfolger veröffentlicht. Das Buch, das seit vielen Jahrzehnten nicht mehr greifbar ist, gilt als verschollen, wie auch sein Autor im Laufe der letzten fünf Jahrzehnte bedauerlicher- und ungerechtfertigterweise weitgehend zu einer unbekannten Größe geworden ist.

Als ich *Die Mittendurcher* zum ersten Mal zu Gesicht bekam, lagen sie mir als die stellenweise kaum lesbare Kopie einer Kopie vor. Im fahlen Licht des Winternachmittags verschwammen mir die Buchstaben vor den Augen, und ganze Wörter wurden vom geschwärzten Seitenrand verschluckt. Derzeit scheint es nahezu aussichtslos, ein Exemplar der Erstausgabe als vollständige Textgrundlage für eine Neuedition antiquarisch oder über öffentliche Bibliotheken zu ermitteln. Dies wäre vielleicht verschmerzbar, hätte man es bei Kromers schmalem Prosaband nicht mit einem erzählerischen Schwergewicht zu tun, das – wie könnte es auch anders sein – den Geist seiner Entstehungszeit atmet, zugleich aber in etlichen Zügen schon weit über sie hinausreicht.

»Die Leute von Seldwyla haben bewiesen, daß eine ganze Stadt von Ungerechten oder Leichtsinnigen zur Not fortbestehen kann im Wechsel der Zeiten und des Verkehrs«: So setzt die Erzählung *Die drei gerechten Kammacher* aus Gottfried Kellers berühmter Novellensammlung ein, und man hat zurecht darauf hingewiesen, daß Bezüge und Beziehungen sowohl zwischen dem *Grünen Heinrich* und Kromers erstem Roman, *Arnold Lohrs Zigeunerfahrt*, als auch zwischen dem Kellerschen Novellenbuch über die Bewohner von Seldwyla und Kromers Mittendurchern spielen. Kellers Texte erweisen sich ebenso als gestörte Idyllen wie Kromers Erzählungen, beide auch handeln – mutatis mutandis – von Außenseiterfiguren bzw. von Verhaltensformen, die von der jeweils geforderten Norm abweichen.

Doch es gibt auch gravierende Unterschiede, die nicht übersehen werden dürfen. Zwar verzichtet auch Keller schon in seinem Novellenzyklus, anders als seine Vorgänger Boccaccio, Goethe *(Unterhaltungen deutscher Ausgewanderter)* und E. T. A. Hoffmann *(Die Serapionsbrüder)* auf den Rahmen einer fiktionalen Erzählgesellschaft, deren Mitglieder nacheinander das Wort ergreifen und zur wechselseitigen Unterhaltung Texte vortragen; immerhin aber finden wir in den *Leuten von*

Seldwyla noch eine Art Erzählervorwort, das eine Klammer, einen Rahmen für die gesamte Erzählung schafft, der von den einzelnen Novellen immer wieder aufgegriffen und in Erinnerung gerufen wird. Nichts dergleichen bei Kromer; er bietet uns keine sinnstiftende Leseanweisung. Allenfalls eröffnet die Titelerzählung eine Perspektive auf das ganze Buch und wirft ein Schlaglicht auf die Charaktere und Verhältnisse, die es uns wie in einem kleinen Welttheater vorführt. In seinen meist sehr kurzen Novellen und Skizzen legt Heinrich Ernst Kromer – wie ein Pathologe – Schnitte durch das Gewebe seines Untersuchungsmaterials, Schnitte, die höchst unterschiedliche Erkenntnisgegenstände anzuvisieren in der Lage sind. Gerade indem Kromer auf eine traditionelle Rahmenhandlung und auf ein strenges inhaltliches Korsett verzichtet, gelingt es ihm auf engem Raum, die Welt, die er kannte, sehr genau zu schildern und zugleich durchsichtig zu machen auf Formen und Strukturen der menschlichen Existenz allgemein. Mit der offenen Gattungsbezeichnung »Skizzen und Novellen« hat Kromer bewußt eine formale Einschränkung umgangen. Gleichwohl wird man sagen dürfen, daß die hier vereinigten Texte den Lesern etwas Neues im Sinne von Goethes bekannter Bemerkung aus seinen Gesprächen mit Eckermann bieten: »...was ist eine Novelle anders als eine sich ereignete unerhörte Begebenheit.«

Zwar sind die Mittendurcher mit den Einwohnern von Seldwyla verwandt; sie bilden wie diese in ähnlicher Weise eine Narrengesellschaft wie die antiken Abderiten oder die deutschen Schildbürger. Doch sollten auch die zahlreichen Differenzen registriert werden. Während Seldwyla bei Keller als eine kleine Stadt erscheint, die »…noch in den gleichen alten Ringmauern und Türmen…« steckt, »…wie vor dreihundert Jahren, und … also immer das gleiche Nest…« ist, prosperiert die Kleinstadt Mittendurch und entwickelt sich: »Auch das Tausendguldenkraut war gediehen, und in dem Maße, wie es weiterwucherte, wuchs auch die Stadt und ihr Ansehen, so daß die guten Bürger schließlich all ihr Gedeihen dem unschuldigen Kraut zuschrieben und deshalb endlich beschlossen, es ins Mittendurcher Wappen aufzunehmen.«

Wir befinden uns hier augenscheinlich in einer Epoche, die Züge des Gründerzeitbooms im letzten Drittel des 19. Jahrhunderts aufweist. Wichtiger als diese Feststellung freilich ist der satirische Blick, den Kromer auf seine Mittendurcher, also auf eine Gesellschaft durchschnittlicher Spießbürger wirft, in der Irrtum und Unsinn zu Leistungen stilisiert werden, die zu Beförderungen, Lohnerhöhungen und Auszeichnungen Anlaß geben. Ein Brief Kromers vom 23. November 1895 an Emanuel von Bodman, der heute im Deutschen Literaturarchiv Marbach verwahrt wird, gibt nicht nur einen Hinweis darauf, wie der Autor seinen Mittendurcher-Neologismus verstanden wissen wollte, sondern beleuchtet auch Kromers mehr als prekäre materielle Situation: »Ich selbst thue nichts mehr, ich will nichts mehr unternehmen, wenigstens in poeticis nicht. Ich bin durch unmäßiges Arbeiten und übermenschliche Entbehrung zu Grunde gerichtet.

Mein unbändiger Stolz hat mich bisher einzig gehalten, der hiesigen Mittendurcher Bande von meinem körperlichen und geistigen Zustande etwas merken zu lassen. Einmal muß es brechen – und dann ist es immer noch Zeit genug, daß sie's erfahren. Was möglich war, habe ich gethan; ich möchte Den sehen, der mirs gleichthut. [...] In einigen Tage kriege ich wieder einige Rappen; dann schaue ich das Leben vom Standpunkt eines ausgedienten Staatsrosses an, trinke, esse und verbiete mir alles Denken; ich habe in den letzten vier Tagen genau von zwei Honigbroten gelebt...«

In hellsichtiger Weise nimmt Heinrich Ernst Kromer mit den Mittendurchern bereits die totalitären Entwicklungen im Deutschland des 20. Jahrhunderts vorweg: die Ideologisierung selbst von Nebensächlichkeiten, die rücksichtslose Bekämpfung Andersdenkender, den hybriden Stolz auf die eigene Identität, Xenophobie und die Abschottung nach außen, eine drakonische Unrechtsjustiz, »Sippenhaft«, Zensur und den weit verbreiteten Mangel an Zivilcourage. Die an die verbannte Familie gerichtete Aufforderung, nach Mittendurch zurückzukehren, der feierliche Empfang, der den Exilierten durch Stadtrat und Volk bereitet wird, und die eherne Tafel zum Gedächtnis des ermordeten Gelehrten weisen voraus auf die bisweilen hilflosen Versöhnungsgesten westdeutscher Kommunen, die in der zweiten Hälfte des vergangenen Jahrhunderts ihre ehemaligen jüdischen Mitbürger zu einem Besuch der alten Heimat einluden. Die kurze Erzählung hat auch heute nichts von ihrer Aktualität eingebüßt, denn sie fragt uns Leser, wie wir es mit kritischen Intellektuellen und dem Umgang mit Andersdenkenden halten. Mit der ersten Erzählung seines ersten Prosabuchs steht Kromer zwar unverkennbar in der Tradition Kellers, hat sich zugleich aber bereits weit von seinem Vorbild entfernt.

Demgegenüber mutet der zweite Text des Bandes, *Ein Opfer*, traditioneller an. In manchem erinnert er an Künstlernovellen E. T. A. Hoffmanns. Der Landschaftsmaler, dem der Autor einige Züge seiner eigenen Biographie leiht – er ist im Jahr der Schlacht von Sedan vier Jahre alt, auch sein Vater hatte sich in den Vereinigten Staaten aufgehalten und kam dann wieder nach Europa zurück – ist nicht nur ein begabter Künstler, sondern ist zugleich ein Meisterschütze, dessen Fertigkeiten im Schießen der Erzähler ebenfalls als »... Kunst ...« einschätzt. Er beherrscht nicht nur Pinsel und Gewehr, sondern ist darüber hinaus umfassend gebildet, bescheiden – und ist trotz allem ein Außenseiter, der nach der Ermordung eines Jagdaufsehers den Menschen stolz, unnahbar und verächtlich begegnet.

Dieser Kunstschütze gemahnt an René Cardillac, den Kunstschmied aus Hoffmans *Fräulein von Scuderi*, der, getrieben von der Leidenschaft für »... glänzende Diamanten, goldene Geschmeide...«, für das Funkeln seiner eigenen Erzeugnisse, sie nicht auf Dauer aus der Hand zu geben vermag und so letztlich zum Mörder wird. Kromers Landschafter mit dem sprechenden Namen Wey wird nicht von Diamanten und Diademen geblendet, doch ist er, als Augenmensch und Maler, fixiert auf alle hellen und glänzenden Gegenstände,

»...ob fern, ob nah, ob tags oder nachts«. Und wie Cardillac, der durch eine pränatale Erfahrung, den wegen einer Edelsteinkette begangenen Seitensprung seiner Mutter, traumatisiert, für sein ganzes Leben negativ geprägt und von »...des Satans Stimme...« verführt wird, erscheint Weys große künstlerische Begabung durch die frühe Berührung mit einer scharf geladenen Waffe fehlgeleitet, pervertiert. Der Maler ist schließlich nicht mehr dazu in der Lage, eine Landschaft unter einem ästhetischen Aspekt zu sehen, er fragmentiert, er zerlegt sie »...in lauter Zielpunkte...«, und wenn er überhaupt noch künstlerisch tätig sein will, muß er dem »...Teufel...« seines Auges durch Jagdopfer Befriedigung verschaffen. Ein solches Opfer ist dann der Jagdaufseher, dessen Tod den Schützen vom Schießzwang befreit. Die Beschäftigung mit Kunst, das scheint eine der Botschaften dieser Novelle zu sein, besitzt ganz offensichtlich gefährliche, ja tödliche Seiten. Kunst kann töten, und diejenigen, die sie ausüben, die Einzelgänger und Hochbegabten, fordern bisweilen Opfer. Der Geist Nietzsches scheint über dieser Erzählung zu liegen, denn wie Nietzsches blonde Bestien kennt Wey kein Schuldgefühl, wie sie kann Kromers Kunstschütze nach Mord und Totschlag offenbar davongehen, »...als ob nur ein Studentenstreich vollbracht sei« *(Zur Genealogie der Moral)*. Übrigens unterzeichnete Kromer etliche seiner Briefe an Emanuel von Bodman mit »Zarathustra«.

Ich möchte keinerlei Zusammenhang behaupten, aber ganz nebenbei sei bemerkt, daß im Jahr 1898, neben Theodor Fontane, ein anderer großer europäischer

Schriftsteller starb: der Mathematiker und Schriftsteller Lewis Carroll, der in Guildford, der Hauptstadt der Grafschaft Surrey, die am Flusse Wey liegt, gelebt hatte.

Die folgende Erzählung *(Lena. Ein Kinderidyll)*, die wie viele Texte des Bandes einen zweiteiligen Aufbau besitzt, gibt sich prima vista ausgesprochen harmlos, als eine anmutige Geschichte, die von den unschuldigen Freuden, Sorgen und Liebeleien unter Kindern handelt. Tatsächlich aber haben wir es hier mit einer zutiefst gestörten Idylle zu tun, die im Milieu von Kinderliebe und kindlicher Eifersucht die Grundkonstanten des menschlichen Lebens umkreist: daß nichts Bestand hat, am allerwenigsten das Glück, daß Versprechen nichts gelten, daß es Treue nicht gibt usw.

Es dauert lange, bis die kleine Lena sicher sein kann, daß ihre Zuneigung zu Hans erwidert wird. Vor Beginn der Kartoffelferien, die Lena mit ihrem Freund verbringen will, trifft dann das vornehme Stadtkind Emma ein, das dem kleinen Dorfmädchen den Gefährten ausspannen wird. So weit, so gut. Nun könnte man dieses Beziehungsdrama tatsächlich leicht als Kinderspiel abtun, verstünde es Kromer nicht, das vordergründige Geschehen auf etwas anderes hin zu öffnen. Dazu nutzt er die Daseinsmetapher der »Seereise als Lebensfahrt«, die er uns – projiziert in die Welt der Kinder – als Spiel mit drei Schiffchen auf dem dörflichen Mühlenteich präsentiert. Wenn Hans, Lena und Emma ihre unterschiedlich großen Boote schwimmen lassen, wenn die verlassene Lena »...getreulich...« die

Bootchen hütet und am Ende »…mit ihrem Schiffchen im Arm…« nach Hause geht, dann ist klar, daß hier nicht nur vom Spiel dreier Kinder, nicht nur von einem sitzengelassenen kleinen Mädchen, sondern auch von uns, von unserem Leben und unserer Lebensreise die Rede ist. Der Mühlenteich, das Zentrum des Geschehens, steht für das große Ganze, steht für die Welt; ihm wachsen infolgedessen geradezu kosmische Dimensionen zu. In dem kleinen Weiher spiegeln sich die Abendwolken, so »daß man in einen tiefen Himmel hinab zu sehen meinte«.

Der kurze Text *Ein Luftschiffer* zeigt einmal mehr, daß Heinrich Ernst Kromer ein belesener Autor war. Mit seinem Ballonfahrer konnte er an Erzählungen Jean Pauls *(Des Luftschiffers Gianozzo Seebuch)* und Adalbert Stifters *(Der Kondor)* anknüpfen, die er mit Sicherheit kannte. Doch während Gianozzo mit seinem Luftschiff über Deutschland hinwegfährt und sich kritisch über die Mediokrizität der Welt äußert, während Stifter das Motiv der Ballonfahrt nutzt, um die Beziehungen zwischen einem Maler und einer Frau zu erkunden, gibt Kromer dem Stoff eine neue Wendung. Sein Luftschiffer, darauf verweist bereits die erste Zeile, ist ein Künstler, und seine Luftreise ist unverkennbar als eine allegorische Fahrt konzipiert. Ähnlich wie in der Erzählung *Ein Opfer* werden hier die Bedingungen und Bedingtheiten von Künstlertum und künstlerischer Arbeit in den Blick gerückt.

Des Künstlers Ballon wird von Idealen, von Hoffnungen gebläht und getragen. Der Luftschiffer ist der immer einsamer werdende Beobachter und »…Barometer...«, der »...das Seufzen der Mühseligen und Beladenen, der Sorgenschlucker und Schollenkleber...« gerade noch wahrzunehmen vermag. Er ist Sturm, Kälte und Gefahren ausgeliefert: Die Erdenkinder, die ihre Füße auf sicheren Boden setzen, nehmen seine Werke zwar als Geschenke entgegen, aber sie danken sie ihm nicht, denn sie betrachten sie als etwas ganz und gar Selbstverständliches. Wie in Thomas Manns 1903 erstmals veröffentlichter Erzählung *Tonio Kröger*, die nicht zuletzt von des Künstlers Gefühl der Separation und Unzugehörigkeit erzählt, handelt auch Kromers Text – aus heutiger Sicht stellenweise vielleicht allzu pathetisch – vom schwierigen und einsamen Weg des Schriftstellers und Künstlers, den auch Heinrich Ernst Kromer zu gehen versuchte, und dem vielleicht noch schwierigeren Verhältnis zu seinem Publikum. In beiden Texten, in *Tonio Kröger* sowohl wie in *Ein Luftschiffer* hat das Denken Friedrich Nietzsches unübersehbar Spuren hinterlassen.

Die Erzählungen *Komödie* und *Der Kinderwagen* sind im kleinstädtischen Milieu angesiedelt, das Kromer u.a. von seinen Aufenthalten in Konstanz genauestens kannte. Beide handeln von Unterschlagungen im Bankengewerbe, die *Komödie* berichtet explizit von einem Verbrechen in der Stadt »...K...«, die wie das zeitgenössische Konstanz über eine Reichsbankfiliale verfügt. In beiden Texten geht es um Menschliches und Allzumenschliches, um Heuchelei und Wahrheit, Lüge und Betrug, Selbstgerechtigkeit, moralische Entrüstung und den schönen Schein.

Das Geschehen um den zu sieben Jahren Zuchthaus verurteilten Bankdirektor und seine junge, attraktive Frau, mit dem sich die tonangebenden Kreise der kleinen Stadt geradezu »…wollüstig…« beschäftigen, um die eigene Leere und Langeweile zu kompensieren, fokussiert der Autor zu einer Momentaufnahme provinzieller Mentalität: »Und in dem ungeheuerlichen Gedanken der Frau Notar, der sich in die Worte: keine Scheidung! fassen ließ, zitterte die ganze Enttäuschung der entrüsteten klatschenden Kleinstadt aus, und jedes Haus dort schien sein Gesicht langzuziehen und große Augen darob zu machen…«. Doch der Verzicht der Bankiersgattin auf die Scheidung, der von der um einen Skandal enttäuschten Öffentlichkeit als Akt aufopfernder Treue interpretiert wird, entpuppt sich bei näherer Betrachtung als ein perfektes Rollenspiel im Kontext der kleinstädtischen Verhaltensnormen. Denn die Umtaufung der kleinen Tochter meint nichts anderes als eine deutliche Distanzierung von dem »…unglücklichen…« Familienvater und zeigt, daß die schöne Frau es in souveräner Weise versteht, sowohl gegenüber ihrem Mann als auch mit Blick auf die »gute Gesellschaft« Komödie zu spielen.

»Als der siebzehnjährige Karl Roßmann, der von seinen armen Eltern nach Amerika geschickt worden war, weil ihn ein Dienstmädchen verführt und ein Kind von ihm bekommen hatte, in dem schon langsam gewordenen Schiff in den Hafen von Newyork einfuhr, erblickte er die schon längst beobachtete Statue der Freiheitsgöttin wie in einem plötzlich stärker gewordenen Sonnenlicht.« Mit diesem Satz beginnt der Roman

Der Verschollene, den Franz Kafka im Jahr 1912 nieder-
zuschreiben begann. Auch in Heinrich Ernst Kromers
Text *Der Kinderwagen* wird ein Sohn zur Strafe nach
Amerika, »…als einer harten Schule des Lebens…«,
abgeschoben. Im Mittelpunkt dieser Erzählung stehen
allerdings nicht der Sohn, Otto Winkler, und seine
amerikanischen Erlebnisse; der Autor beleuchtet vielmehr die Doppelmoral, die zum Nährboden von Ottos
Verhalten wird, zeigt die Selbstgerechtigkeit seiner
Eltern, und wie es dem Bankdirektor, der sogar seine
Heiratsabsichten als »Geschäft« betreibt, gelingt, Ottos
Betrügereien den eigenen Interessen nutzbar zu machen.

Die Eltern Winkler drängen ihre Tochter zu Lug
und Betrug und zwingen sie, dem Bankdirektor Herz-
lichkeit vorzugaukeln. Der Erzähler benennt den Zusammenhang von Ursache und Wirkung in schöner
Deutlichkeit: »Was aber hier als unentbehrliches Mittel zum gesellschaftlichen Verkehr galt und als unschädlich und unverwerflich gehandhabt wurde, war,
sobald es Otto greifbar an Gegenständen oder zu seinem unmittelbaren Vorteil gegenüber Personen übte,
– Lüge und Betrug. Die »…guten Eltern…« fälschen
Gefühle, der Sohn fälscht Wechsel, der künftige
Schwiegersohn vertuscht eine ganze Serie von Ver-
gehen: fürwahr eine feine Gesellschaft. Das verlogene
Verhalten der aufstiegsorientierten Winklers, die in
dem Bankdirektor eine gute Partie für ihre Tochter
sehen, gipfelt am Ende in dem Brief des Vaters, der den
Studenten zum Verzicht auf die Tochter auffordert,
»…da sie seiner nicht würdig wäre, wegen der Ehrlo-

sigkeit ihres Bruders.« Die Winklers sind freilich nicht nur darum bemüht, ihre Umgebung zu täuschen; sie belügen vor allem sich selbst und projizieren die eigentliche Schuld auf einen harmlosen Kinderwagen. Die mit einem notorisch guten Gewissen ausgestatteten Eltern haben ihrem Otto sein Schicksal durchaus »in die Wiege« gelegt – wenn auch in einem ganz anderen Sinn, als sie sich selbst weismachen wollen. Wie in der Titelerzählung des Bandes greift Kromer hier zum Mittel beißender Satire; offenbar war ihm die Welt, von der er erzählt, bisweilen allzu bekannt und allzu nahe.

Die Frühmesse ist ein streng und genau komponierter Text, der durch mehrere Motivstränge kunstvoll zusammengehalten wird. Es ist die Geschichte einer Konversion, einer (umgekehrten) Bekehrung und ist zugleich eine Erzählung, die vom Erwachsenwerden handelt. Der Plot wird so knapp dargeboten, daß jedes Detail mit Bedeutung aufgeladen erscheint. Dem jungen, zögerlichen und unentschlossenen Vikar Hildberg, der noch immer über eine geistige Nabelschnur an die längst verstorbene Mutter gekettet ist (»Ja, auch über das Grab hinaus wirkte seine Mutter noch auf ihn!«), wird der tote Brunnbergbauer gegenübergestellt. Bei Brot und Wein (!) berichtet die Bäuerin, Frau Möll, von ihrem Mann, der stets entschieden und entschlossen gehandelt und bekannt hatte: »Wenn mir mein Haus nicht gefällt, so reiße ich's ein und bau es neu, unbekümmert um die Meinung der Leute. Daß mir's nicht darin behagt, ist zehnmal schlimmer als aller Verlust.« Auch Hildberg behagt es nicht in seiner Haut, doch er ist lange nicht zu einem Entschluß, zur Änderung seines Lebens und zu einem Neuanfang fähig. Er macht die Meinung seiner Umgebung zur Maßgabe seines Handelns – obwohl er den Menschen, wie der Brunnbergbauer, »eine gelinde Verachtung...« entgegenbringt. Als die Witwe des Bauers Hildberg vom zweifachen Hausbau ihres verstorbenen Mannes erzählt, schüttelt er den Kopf »...wie ungläubig, und sah die Bäuerin an, schweigend und ernst, als wollte er ihr seine eigenen Gefühle in die Seele schieben...«. Hildbergs Problem wird in mehreren Motiven gespiegelt, so etwa in einer großen Schwarzwälderuhr, die die Bäuerin »...des Pfarrers wegen...« eigens aufzieht. Sie stammt von einer ihrer Großmütter und war deren liebstes Hochzeitsgeschenk, denn sie war die Gabe eines Orgelbauers, den sie »...nicht hatte heiraten dürfen...«.

Das sich dem Ende zuneigende Jahr mit seiner herbstlichen Natur, die nächtliche Finsternis und die »...Sintflut...« eines Unwetters bilden die motivische Begleitmusik zur Krise des Vikars, in dessen innere Kämpfe die Leser nur wenig Einblick erhalten. Doch schon ganz zu Beginn ahnt man, daß mit dem Geistlichen etwas nicht stimmt, denn er grüßt das Kruzifix auf eine Art und Weise, »als hätte er ein böses Gewissen dabei«. Daß sein Besuch auf dem Hof weniger seinen Amtsgeschäften als der jüngsten Tochter Lina geschuldet ist, wird spätestens deutlich, als Hildberg Mühe hat »...seine Blicke zu zügeln...«. Der Vikar bleibt – wie es in schöner Doppelbödigkeit heißt,

»... bis das schlimmste vorbei ist« auf dem Brunnberg-hof. Vor dem Zubettgehen zeigt man ihm noch, »...wie einem Brautwerber...« das Haus, und in der Nacht träumt er eine Art Paraphrase der biblischen Er-zählung von Kain und Abel, träumt er vom Heiland am Kruzifix, der ihm in Anlehnung an 1 Moses 4 rät, es seinem Bruder gleich zu tun und ein weltliches Le-ben zu führen. Diese Passage demonstriert uns einmal mehr Kromers erzählerisches Raffinement, denn in subtiler Weise nutzt er einen biblischen Text zu einer Kontrafaktur: Im Traum wird der Vikar mit Hilfe ei-ner Geschichte aus dem Alten Testament dazu aufge-fordert, seinen geistlichen Stand zu verlassen.

Anderntags hat sich der Sturm gelegt, Hildbergs Kampf ist entschieden, er wird sich eine neue, eine zweite Existenz aufbauen – in ähnlicher Weise wie der Brunnbergbauer, der sein Haus, weil es ihm nicht ge-fiel, kurz vor der Fertigstellung abgerissen und ein zweites Mal errichtet hat. Gegen Ende der Erzählung wird das Motiv des Kruzifixes noch einmal aufgegrif-fen:»Und doch gab ihm der Anblick des Heilands noch Kraft: wie dieser seinen Weg gegangen, ohne zuvor je-mand darum zu fragen, und wie er ihn bei aller Gefahr mutig beschritten hatte, so dachte auch Hildberg den seinen zu gehen...«. Die Imitatio Christi wird bei Kro-mer zu einer ganz und gar weltlichen Angelegenheit.

Auch in der *Frühmesse* scheint übrigens ein Echo auf Hoffmanns *Fräulein von Scuderi* nachzuklingen. Dort wird René Cardillac in ähnlicher Weise als Perfektio-nist dargestellt wie der Brunnbergbauer: »...Tag und Nacht hörte man ihn in seiner Werkstatt hämmern und oft, war die Arbeit beinahe vollendet, mißfiel ihm plötzlich die Form, er zweifelte an der Zierlichkeit irgendeiner Fassung der Juwelen, irgendeines kleinen Häkchens – Anlaß genug, die ganze Arbeit wieder in den Schmelztiegel zu werfen und von neuem anzufangen.«

Während das Geschehen in der *Frühmesse* vor allem über Gespräche und Selbstgespräche vorangetrieben wird, skizziert Kromer in der Erzählung *Hartes Holz* eine bäuerliche Welt, in der Sprachlosigkeit herrscht. Zwischen den beiden Söhnen und ihrem Vater ist Verständigung – vor allem auch im übertragenen Sinn – nicht möglich. Zwar »ihrzt« Bernhard den Alten, der ihn, als den Jüngeren, im Gegenzug duzt; Achtung oder gar Liebe empfindet er für ihn aber keineswegs. In der Perspektive der Söhne erscheint der Vater längst als ein Stück zähes, altes, überflüssiges Holz, das sie am liebsten in Stücke hacken, das heißt: beseitigen würden. Gelegenheit dazu gibt der Schlachttag. Kromer erzählt von der Tötung des Schweins und der Ermordung des Alten als von zwei eng miteinander verwandten Vorgängen. Wie die Söhne das Schwein behandeln, verfahren sie auch mit ihrem Vater. Als Frühstück fischt sich der alte Mann »... einige Kartoffeln aus dem strudelnden Wasser, schälte eine und schlang sie in den nüchternen Magen hinab; die andern sollten dem Tier vorgeworfen werden als Henkermahl...«. Als das Schwein erschlagen wird, fällt es »... unter leisem zuckenden Grunzen auf die Seite...«. Ganz ähnlich stirbt der Vater, »... nach einigen Zuckungen verbrüht und erstickt...«, im selben Zuber, in dem das Schwein gebrüht wird. Dem toten Schwein wird sogar noch größere Bedeutung zugemessen als dem ermordeten Vater: Seine Leiche wird wie ein störender Gegenstand beiseite geräumt, »dann ging die Arbeit weiter, schweigend, wie immer auf dem Waldhof«. Bernhard und sein Bruder Hans sind letztlich aus demselben Holz geschnitzt wie der Alte. Ist er zäh, so erscheinen sie hart und brutal. Im Grunde sind die Lebenden so tot wie der Ermordete, alle drei sind »...stumm...«. Auch die übelhörige Kathrine ist »...stumm und stumpf...«, doch immerhin scheint sie noch zu Trauer fähig zu sein.

Kromers kurzes Prosastück vom proletarisch anmutenden Waldhof liest sich wie ein Vorspiel zu den Weltuntergangsdramen, die unter den sprachlosen Protagonisten eines Franz Xaver Kroetz ausgetragen werden. Für eine Gesellschaft wie die unsere, die immer älter wird, ist die Erzählung vom *Harten Holz* in hohem Maße aktuell, stellt sie doch unmißverständlich die Frage nach dem Generationenvertrag, danach, wie die Jungen und die Alten miteinander umgehen sollen.

Die Legende vom Ewigen Juden Ahasver, auf die sich Kromers Erzählung *Eine seltene Begegnung* bezieht, begegnet angeblich erstmals 1223. Für dieses Jahr hält eine Chronik des süditalienischen Klosters Ferraria fest, daß Pilger, die aus Armenien gekommen seien, dort einen Juden gesehen hätten, der Christus auf dem Weg nach Golgatha verhöhnt und weiter getrieben habe, worauf Jesus ihn zum ewigen Leben verdammt hätte. Im späten Mittelalter fand die Legende insbesondere in Italien, Frankreich, England und auf der iberischen Halbinsel Verbreitung. Im Jahr 1602 erschien das deutsche Volksbuch *Kurze Beschreibung und Erzählung von einem Juden mit Namen Ahasver*, das zur wichtigsten Quelle für Goethes Fragment *Der Ewige Jude* (1774) wurde. Neben Eugène Sues *Le Juif errant* (1844, deutsch 1844) kann Goethes Versepos wohl als die bekannteste literarische Bearbeitung des Stoffs betrachtet werden, der freilich auch gegen Ende des 19. Jahrhunderts benutzt wurde (z.B. von Max Haushofer, 1886).

Während es Goethe bei der dichterischen Behandlung der Legende, wie er in *Dichtung und Wahrheit* bekennt, darum zu tun war, »...an diesem Leitfaden die hervorstehenden Punkte der Religions- und Kirchengeschichte nach Befinden darzustellen«, konfrontiert uns Heinrich Ernst Kromer in seiner erstmals in der Wiener Rundschau vom 15. Juli 1897 veröffentlichten Erzählung mit dem Antisemitismus. Zum Juden, so beteuert Ahasver »...haben mich erst die Deutschen gemacht...«. Vor allem aber geht es Kromer um eine grundsätzliche Umwertung des Kerns der Legende.

Zu Beginn ist der Icherzähler müde und will schlafen gehen. Dann aber begegnet er dem geheimnisvollen Fremden, und in der Folge wird er von »...einer seltsamen Unruhe...« erfaßt, die ihn zunächst davon abhält, nach Hause zurückzukehren, und später an der Nachtruhe hindert. Am nächsten Tag hält Ahasver denn auch eine in der Tat erregende Botschaft für ihn bereit: Die Verfluchung habe er als eine »...seltsame

127

Stärkung…« erlebt, sie erscheint ihm nicht als Strafe, sondern als Segen, als die Erfüllung seiner »…tiefsten Wünsche und geheimsten Hoffnungen…«. Anders als Goethe in seinem Fragment interessiert sich Kromer gerade nicht für das Jenseits und das, was der Mensch sich darunter vorstellt, beziehungsweise wie er mit seinen Vorstellungen umgeht. Sein Ahasver hat die Absicht, »…alles noch ungesehene Menschentum, alles noch ungeschehene Menschenthun zu sehen, zu erleben, mitzuempfinden, mitzuthun«. Er ist also ganz und gar der Welt zugewandt, und so überrascht es nicht, daß am Ende, wie in *Arnold Lohrs Zigeunerfahrt*, *Faust* ins Spiel kommt. Der Protagonist der Erzählung treibt seine wiederum an Nietzsche gemahnende Umwertung so weit, daß er Christus mit Mephisto vergleicht; doch er betont versöhnlich: Jesus »…hat immer nur das Gute gewollt…«.

Kromer beendet seinen ersten Prosaband mit einer beeindruckenden, erzählerisch äußerst geschickt dargebotenen Konfession zu Dasein und Diesseits, wie sie – weniger programmatisch – auch schon in der Erzählung *Die Frühmesse* zum Ausdruck kam. Das Schlußstück des Buches markiert gleichzeitig einen Kontrapunkt zur Titelerzählung, zur engstirnigen und in ihrer Engstirnigkeit gefährlichen Lebens- und Denkweise der Mittendurcher. Insgesamt entfalten die neun Texte auf vergleichsweise engem Raum, aus unterschiedlichen Ansätzen und aus verschiedenen Erzählpositionen heraus eine veritable Comédie humaine, die Leben und Welt aus immer wieder neuen Perspektiven in den

Blick nimmt. Mag sein, daß Kromer mit diesem Buch, was Sprache, Stil und Erzähltechnik angeht, ganz und gar dem 19. und noch nicht dem allmählich heraufziehenden 20. Jahrhundert angehört. Doch ist nicht zu übersehen, daß hier ein junger Autor längst seinen eigenen Ton, seine persönliche Handschrift gefunden hat. Zu Beginn des 21. Jahrhunderts lesen wir diese gelungenen Erzählungen auch als Dokumente einer Zeit, die seit langem versunken ist. Wenn wir uns Kromers Prosa widmen, können wir erfolgreich auf die Suche nach einer Epoche gehen, die uns heute sehr fern zu sein scheint. Doch täuschen wir uns nicht: Die Menschen und die Bedingungen, unter denen sie leben, haben sich, trotz aller Katastrophen, Revolutionen und Entwicklungen, die das 20. Jahrhundert gezeitigt hat, in den letzten Dezennien nicht grundsätzlich verändert; die Skizzen und Novellen dieses Buches, das nun erstmals wieder greifbar ist, sprechen uns nach wie vor unmittelbar an, sie haben nichts von ihrer Frische verloren.

JÜRGEN GLOCKER

Editorische Notiz

Als Grundlage dieser Neuedition diente die bislang einzig bekannte Kopie der 1898 erschienenen »Mittendurcher«. Orthographie und Interpunktion der vorliegenden Ausgabe wurden behutsam aktualisiert und auf den geltenden Stand der bewährten Rechtschreibung vor 1996 gebracht. Druckfehler der Erstauflage wurden stillschweigend korrigiert. In der Kopie unleserliche Stellen wurden durch eckige Klammern und Auslassungszeichen gekennzeichnet.

Die Illustrationen in dem Buch stammen von Heinrich Ernst Kromer selbst. Sie sind in den 1920er bis 1940er Jahren entstanden und waren in der Erstausgabe der »Mittendurcher« nicht enthalten.